KB050923

슬기로운 회귀생활

9

초판 1쇄 인쇄일 2021년 06월 17일 | **초판 1쇄 발행일** 2021년 06월 22일

지은이 은반지 | **펴낸이** 곽동현 | **담당편집 팀장** 이범수
편집부 정요한 최훈영 조혜진

펴낸곳 (주)조은세상 | 출판등록 제2002-23호
주소 서울특별시 동작구 동작대로1길 27 5층
TEL 02)587-2966 | FAX 02)587-2922
E-mail bukdu@comics21c.co.kr

은반지ⓒ2021
ISBN 979-11-6591-909-2 | ISBN 979-11-6591-366-3(set)
값 8,000원

MORDERN FANTASY STORY

은반지 현대 판타지 장편소설

슬기로운
회귀생활

9

북두
㈜조은세상

은반지 현대판타지 장편소설

MODOERN FANTASY STORY

CONTENTS

한발 늦게 도착한 일단의 무리.

몬스터들과 치열한 격전을 벌이던 헌터들이 그들을 발견하고 환호성을 내뱉었다.

"금강이 왔다! 이제 우린 살았어!"

"미친 몬스터 새끼들! 너넨 다 뒤졌어!!"

언제 밀리고 있었냐는 듯 금세 기세등등해지는 헌터들.

아니, 그들을 발견하는 순간 이미 승리에 도취되어 있다고 봐도 무방할 정도였다.

불과 얼마 전까지만 해도 금강이 악의 축이었다는 사실은 하등 문제가 되지 않았다.

칠흑같이 어두운 공간에 비치는 한 줄기 서광과 같은 존재가 바로 그들이었으니 말이다.

한국 최강이자 최초의 SS급 헌터인 이재건과 그의 동료들인 무적 공략대는 현재 해외에 나가 있는 상황.

그렇다면 현 시점 가장 두껍고 튼튼한 동아줄이자 믿을맨은 다름 아닌 금강이었고.

그런 이들이, 그것도 가주가 직접 이끄는 최고 전력들이 이곳에 있다는 것은 두말할 필요도 없었던 것이다.

반면 끝나 가던 것이 도로 제자리로 돌아왔으니 로브들로서는 이 판국이 탐탁지 않았고.

날카로운 시선으로 대치한 이들의 면면을 하나하나 훑어봤다.

그 순간.

로브 중 한 명.

정확히는 엄국진이 황진욱을 향해 꾸벅 고개를 숙였다.

"가주님, 그간 안녕하셨습니까? 몇십 년 동안 한 번을 떨어져 본 적이 없었는데, 이렇게 오랜만에 뵈니 감회가 새롭습니다."

황진욱은 그를 보며 치를 떨었다.

"깊숙한 곳에 처박혀 쥐 죽은 듯이 살아도 모자랄 판에 이런 난동을 부리다니. 네놈이 죽여 달라고 애를 쓰는구나."

"네놈이라…… 가주께서 저를 그렇게 부르시니 썩 듣기 좋진 않네요."

"닥치지 못할까! 내 오늘 너를 단죄할 터이니 곱게 죽을 생각은 하지 않는 것이 좋을 것이다."

구우웅-

이 이상 길게 말할 것도 없다는 듯 황진욱의 몸에서 마나가 피어올랐다.

근처에 있던 헌터들의 경악을 불러일으킬 정도의 웅혼한 마나.

조금 전까지 사투를 벌이던 홍한수도 대단했지만, 순간 그것이 잊혀질 정도로 대단한 힘이었다.

그 모습에 엄국진의 눈썹이 꿈틀거렸다.

하늘이 열리고, 천공의 거룩한 은혜가 지상을 뒤덮는다면 헌터들이 나서는 것은 당연한 일.

그런 이들의 정점에 섰던 명문가가 나설 것 또한 어느 정도 예상한 바였다.

비록 이재건에 의해 명문가의 입지가 많이 쇠퇴했다고 해도 썩어도 준치.

어느 정도의 저력이 남아 있으리란 짐작도 품고 있었다.

한데.

'벌써 몸을 다 회복했단 말인가?'

이것은 예상치 못한 부분이었다.

오랜 세월에 걸쳐 아주 조금씩 그의 몸에 심었던 고독은 이리 간단하고 빠르게 해결할 수 있는 문제가 아니다.

11

그것이 그의 몸속을 갉아먹던 시간만큼은 아니더라도 그에 반에 해당하는 시간 정도는 들여야만 했다.

그런데 이토록 웅혼한 힘이라니?

'다 회복됐다고 해도 문제고, 그렇지 않았다고 해도 문제다.'

회복이 끝나 이전의 기량을 되찾은 것이라면 지금의 전력만으로는 금강의 상대가 되지 못했다.

더군다나 회복 중인 상태의 힘이라면 그것은 전자와 비교할 수 없는 문제였다.

오래도록 곁에서 바라보며 내린 추정치를 훨씬 웃돈다는 말이었으니까.

그것은 곧 자신의 또 다른 실수라는 뜻이었다.

자연히 지난 실패를 떠올리며 씁쓸한 미소를 머금는 엄국진이었고.

이내 불편한 결정을 내릴 수밖에 없었다.

또 한 번의 쓴맛을 보고 싶지는 않았다.

"맥스 사제의 상태가 좋지 않으니 오늘은 이만하고……."

황진욱에게서 시선을 떼지 않은 채 다른 사제들에게 말하는 순간.

한 손이 그의 팔을 잡았다.

잡고 있는 손으로부터 떨림이 전해져 온다.

조심스럽게 시선을 옮기자 몸을 바르르 떨고 있는 광무의 모습을 볼 수 있었다.

"엄 사제님……."

광무는 금강을 대적하기 위해 파견된 교주의 검 중 하나.

그런 그가 싸워 보지도 않고 몸을 뗀다는 건 역시 황진욱의 힘은 생각 이상이고 지금은 때가 아니라는 뜻이었다.

"예, 알겠으니 후퇴할 준비 하세요."

휘이익-

엄국진은 즉시 휘파람을 불었고.

"크르르르."

"크와아아!"

홍한수의 메테오 때문에 잠시 뒤로 물러났던 몬스터들이 금강을 향해 쏟아졌다.

당장이라도 찢어발기겠다는 듯 흉포한 기세를 내뿜는 존재들.

그 순간, 황진욱의 마나가 공간을 잠식해 들어갔다.

구구구궁-

동시에 쏟아져 오던 놈들의 기세가 눈에 보이게 꺾어졌다.

황진욱을 반황이라 불리게 한 스킬 영역 선포가 작동된 것이었다.

"금강 전원, 눈앞에 보이는 적을 말살한다!"

"예!"

그의 명이 떨어지자마자 금강의 헌터들은 달려오는 몬스터를 향해 쇄도했다.

그들의 움직임에는 한 치의 망설임도 없었고.

선봉장에는 1장로인 황대식과 2장로인 황지영이 자리하고 있었다.

공기를 가르며 휘둘러진 언월도!

촤악-

그것은 마주 오는 몬스터의 머리를 일격에 땅에 떨어뜨렸고.

그의 옆을 스쳐 지나간 반월도가 다른 한 놈의 심장을 꿰뚫었다.

황대식은 몬스터와 헌터들이 뒤엉켜 아수라장이 된 지역으로 고개를 돌렸다.

채채채챙-

철갈퀴와 병장기가 맞부딪치며 쇳소리가 울려 퍼진다.

그는 곧바로 지면을 박차며 소리쳤다.

"정욱아!"

황대식의 아들 황정욱.

몬스터 한 마리와 힘겨루기를 하던 그는 아버지의 부름을 이해하곤, 놈을 밀어내며 물러났다.

"키엑?"

본능적으로 위험을 직감한 녀석이 황대식을 향했을 때에는 이미 그의 언월도가 지척에 다다라 있었다.

하나 언월도는 목적을 이루지 못했다.

치이이익-!

갑자기 사이에 끼어든 철갈퀴가 그의 언월도를 막아선 것이었다.

"……!"

예상치 못한 방어에 황대식의 두 눈이 동그래진 사이, 한 발짝 물러났던 황정욱이 푸른 검기를 두르고 검을 휘둘렀다.

촤악-

두 동강 나지는 않았지만, 깊게 베인 목덜미에서 검은 피가 왈칵 쏟아졌다.

그사이 빠르게 상황을 판단한 황대식은 붉은 강기를 일으키며 몸을 회전했다.

키기기긱-

막아섰던 철갈퀴를 미끄러지듯 스쳐 지나가는 언월도.

그대로 원심력을 이용해 제자리로 돌아온 그것은 균형이 무너진 놈의 목을 댕강 잘라 냈다.

"정욱아, 괜찮은 게냐?"

"예, 덕분에 괜찮습니다."

"일반적인 A급 몬스터라고 생각하면 안 된다. 조심하거라."

"예, 아버지도 조심하십시오."

황정욱이 자리를 박차고 다른 이들의 대열에 합류하는 사이, 황대식은 언월도를 휘둘러 지면을 그었다.

-솟구치는 성벽!

이내 금강에 속하지 않은 헌터들의 앞 지면이 갈라지며 성벽이 솟아올랐고.

콰아앙!!

그들을 향해 쏟아지던 몬스터들의 움직임이 가로막혔다.

그에 그치지 않고 황대식이 몸을 날리며 강기를 뿌렸다.

탄력적으로 튕겨져 오르며 회피하는 탓에 강기는 그대로 허공을 갈랐지만, 목적을 이루는 데에는 성공했다.

조금 전만 해도 헌터들을 향하던 놈들의 안광이 자신에게로 옮겨진 것.

이에 황대식이 마나가 잔뜩 어린 일갈을 토해 냈다.

"네놈들의 상대는 바로 나다!"

등급도 낮을뿐더러, 이미 많은 전투로 인해 체력이 떨어질 대로 떨어진 상태의 헌터들이었다.

더군다나 상대는 지금까지 상대해 왔던 평범한 몬스터와 궤를 달리하고 있었다.

A급 헌터가 셋은 모여야 한 마리와 대등한 수준에 이를 수 있는 놈들.

그 강함은 차치하고서라도 신체 능력을 넘어서는 무언가가 있다.

조금 전만 해도 언월도를 막아서고 동족의 목숨을 지키려는 듯한 모습은 흡사 헌터들이 합을 이루는 과정과 같았다.

이대로 가다가는 인명 피해를 가중시키게 될 것은 불을 보듯 뻔한 상황.

몬스터들의 주의를 돌릴 필요가 있었던 것이다.

그런 의중대로 놈들은 목표를 바꿔 자신에게로 날아들고 있었다.

"오너라!"

손에 힘을 불어넣으며 맞부딪쳐 가는 황대식.

육중한 언월도가 대기를 가르고 사방으로 피를 흩뿌렸다.

그렇게 황대식을 비롯한 금강의 헌터들과 몬스터 간의 치열한 사투가 연이어질 그때.

몸이 무거워진 것을 느낀 엄국진이 침음을 흘렸다.

"이런."

오랜 세월 그의 곁에 자리한 만큼 황진욱의 영역 선포가 어떤 효과를 보이는지를 누구보다 잘 알고 있는 게 바로 자신이었다.

게다가 100m 남짓한 영역 내에서 힘을 회복한 듯한 그와 충돌한다는 건 불구덩이에 뛰어드는 것과 매한가지인 상황.

굳이 곤란을 자처할 필요는 없었다.

'이 정도면 됐겠지.'

애초에 전역을 휩쓸려는 의도도 아니었다.

어차피 오늘의 일은 시작에 불과한 것.

곧 천공께서 지상에 강림하시리라는 경고장을 날리러 온 것에 지나지 않았다.

"일단 물러나고 다음을 기약하도록 하죠."

금강의 일원들이 몬스터들에 의해 발목이 잡혀 있으니 이곳을 벗어나는 것은 그리 어려운 것도 아니었다.

그렇게 엄국진이 발걸음을 떼려는 찰나.

멈칫!

등줄기에 오싹함이 전해지고 몸이 경직된다.

황급히 들어 올린 시선에 다 낡은 방패 하나가 두둥실 떠오른 모습이 들어오고.

구우우웅-

방패를 중심으로 퍼져 나간 빛이 메두사의 형상을 그려 내며 그들을 내려다보고 있었다.

-아이기스(Aegis)!

묵직한 기운이 전신을 억누르며 운신을 제한했다.

비단 그뿐만 아니라 사제들을 비롯해 사방에 퍼져 있는 몬스터들의 반응 또한 다를 바 없었고.

단 한 방으로 이 사태를 만들어 낸 황진욱이 터벅터벅 걸음을 옮기며 다가왔다.

"네놈이 내게서 벗어날 수 있을 거라 생각한 것인가?"

광오한 음성을 흘리며 다가오는 그의 모습에서 엄국진은 죽음의 향기를 맡을 수밖에 없었다.

그때였다.

꽈악-

그의 팔을 잡고 있던 손에 더욱 힘이 들어가며 옥죄어 왔고.

엄국진이 힘겹게 손의 주인에게로 시선을 돌리는 순간.

잔뜩 흥분한 광무의 목소리가 들려왔다.

"이 전율…… 내가 나서야 되겠어! 그렇죠? 엄 사제님도 그렇게 생각하시죠?!"

"아니……."

"엄 사제님은 가만히 지켜보고 있어요. 잠깐이면 저 불신론자 놈의 목을 따서 교주님께 바칠 수 있으니까."

어떠한 억압도 느끼지 않는 듯 손에 쥔 검을 흔들어 보이는 광무의 모습.

엄국진은 할 말을 잃고 멍하니 바라볼 수밖에 없었다.

'겁에 질린 줄 알았더니…….'

황진욱의 기운에 압도당해 사시나무처럼 떨고 있다 생각했는데, 오산이었다.

너무 흥분한 여파였던 것이다.

아니, 단순한 흥분을 넘어서 희열을 느끼고 있는 얼굴이었다.

그 모습에 엄국진이 미간을 찌푸렸다.

'이래서 다른 사제들이랑 같이 움직이지 않으려 했었건만!'

철저히 단독 행동만을 고집했던 이유.

변수 하나 때문에 계획이 무너지고 예측했던 결말이 뒤바뀌기 때문이었다.

바로 지금처럼 말이다.

"오늘은 이만 물러나……!"

후퇴를 말하려던 엄국진의 표정이 처참히 일그러졌다.

통제를 벗어난 미친놈이 어느새 자리를 이탈해 황진욱을 향해 쇄도하고 있었던 것.

당장 두 동강 나도 이상하지 않을 낡은 검과 예리하게 벼려 있는 검이 충돌한다.

채애앵-! 파앙-!

검과 검의 충돌이라고는 믿을 수 없는 파장이 일어나며 로브 자락이 펄럭였다.

그 탓에 후드에 감춰져 있던 얼굴이 빛을 받아 세상에 모습을 드러냈고.

이를 정면에서 마주한 황진욱이 인상을 구겼다.

"네놈은……!"

광무는 입이 귀에 걸릴 만큼 환희에 찬 표정을 지으며 대답했다.

"날 알아본 거야?! 하아~ 이거 너무 영광이라 몸 둘 바를 모르겠는걸!"

"대체 이게 무슨……."

도무지 믿기지 않는 상황에 황진욱은 당황한 기색을 지울 수 없었다.

그가 여전히 광무와 검을 맞댄 채 엄국진을 힐끗 바라보며 목소리를 높였다.

"엄국진! 도대체 무슨 일을 꾸미고 있는 것이냐!"

그러나 그의 물음에도 엄국진은 못마땅하다는 표정으로 기지개를 펼 뿐이었다.

광무와의 충돌로 인해 아이기스의 힘이 줄어들며 경직이 풀리긴 했지만, 잠시나마 몸이 경직됐다는 기분이 마음에 들지 않았던 것.

잠시 후 예의 표정으로 되돌아온 그가 능청스런 얼굴로 답을 꺼내 들었다.

"글쎄요? 그 물에 답해야 할 이유는 없는 것 같은데요? 전이제 비서도 아니지 않습니까?"

"네 이놈!!"

분노 섞인 일갈을 내뱉으며 황진욱이 맞댄 검에 힘을 줬다.

치이익-

뒤로 주르륵 밀려나는 광무.

그 틈에 황진욱은 엄국진을 향해 짓쳐 갔다.

동시에 그림자가 꿀렁이며 솟구쳐 올라 엄국진을 보호했다.

"그따위 그림자로 내 검을 막을 수 있을 것 같은가!"

좌악-

검과 닿은 그림자 장막이 두부 잘리듯 쉽게 베여 나간다.

손쉽게 장막을 무너뜨린 그는 틈을 주지 않기 위해 사선으로 떨어졌던 검을 다시 들어 올렸다.

하지만 엄국진은 이미 그 자리에 없었고, 검은 괜한 허공을 가를 뿐이었다.

그럼에도 황진욱의 표정은 변함이 없었다.

구우웅—

오히려 낡은 검에 푸른 기운을 두르며 뒤로 잡아당겼다.

"……!"

수많은 그림자 중 하나에 숨어 있던 엄국진은 다급하게 이동하려 하지만.

그 움직임을 하나하나 읽고 있다는 듯 황진욱의 검끝이 그를 따라 이동했다.

이 모든 게 스킬 영역 선포 덕분.

적의 힘을 떨어뜨리는 것에 그치지 않고 영역 내 펼쳐진 마나가 그의 신경이 되게끔 만들어 주어 적의 위치를 시시각각으로 알려 줬던 것이다.

이윽고 검에 어렸던 푸른 기운이 용의 형상을 그려 내며 엄국진을 향해 쏘아졌다.

그 순간.

팟—!

광무가 엄국진과 검룡의 사이를 가로막았고.

그는 한 치의 오차도 없이 검룡의 입을 향해 검을 찔러 넣었다.

검과 함께 팔이 집어삼켜지는 형국.

그럼에도 불구하고 광무의 얼굴은 처음과 같이 희열로 가득 차 있었다.

스으윽

뻗었던 검을 다시 뒤로 당기며 용을 끌어당긴다.

동시에 몸을 선회하자 용이 전신을 옭아매는 형태로 변했다.

가만히 있었으면 팔 하나 잃고 끝났을 것을 스스로 목숨을 내던진 것이나 다름없는 꼴.

"크크크큭. 힘이 축~~ 처지는데. 왜 이렇게 신나지?!"

그럼에도 여전히 싱긋싱긋 웃어 대는 상대의 모습에 황진욱이 의문을 가지는 찰나.

광무의 어깨가 들썩였다.

"이거 다시 가져가!"

파아악-

황진욱을 향해 휘둘러지는 검.

그것의 궤적을 따라 검이 뽑혀 나오고, 검룡은 그대로 황진욱을 향해 날아들었다.

"이런!"

방패는 아이기스를 사용하고 있는 상황.

황진욱은 다급하게 자신의 검룡을 향해 검을 휘둘렀다.

까가각!!

용의 이와 낡은 검이 부딪친다.

그사이 광무는 그림자 속에 있는 엄국진을 향해 말했다.

"좋아요. 이쯤 하고 가는 걸로 할게요. 대신 이대로 그냥 가기엔 아쉬우니까……."

핏-

순간 자리에서 사라진 광무.

그가 다시 나타난 곳은 홍한수의 앞이었다.

"이놈 목이라도 가져가야지!"

곳곳에서 몬스터들을 처치해 나가는 금강의 일원들.

월가의 가주 홍한수는 그 모습을 지그시 바라보기만 할 뿐
이었다.

마음 같아서는 당장이라도 힘을 보태고 싶었지만, 마나가
거의 바닥을 보이는 탓에 그럴 여유가 없었다.

한 번에 너무 많은 마나를 사용한 탓에 제 한 몸 건사하는
것도 힘겨웠기 때문.

눈앞에 몬스터를 두고도 가만히 구경만 해야 한다는 현실
에 그는 가슴 깊은 곳에서 한숨이 올라왔다.

"후우. 나도 늙었군."

씁쓸한 음성을 내뱉은 그의 눈빛에 아쉬움이 잔뜩 어렸다.

타이니 메테오를 사용하고 마나를 바닥까지 끌어 쓴 것엔
일말의 후회도 없었다.

무리해서라도 마나를 쏟아부은 건 어쩔 수 없는 선택이었
으니까.

혼자였다면 놈들을 견제하며 시간을 벌었을 테지만, 이곳
에는 수많은 헌터들이 함께하고 있었다.

더욱이 생각 이상으로 강한 몬스터에게서 그들의 목숨을 지켜 내기 위해서는 단숨에 쓸어버릴 필요가 있었던 것이었다.

그럼에도 아쉬움을 느끼는 이유는 헌터로서의 순수한 욕심 때문.

조금이라도 힘이 남아 있었다면 저들과 같이 합을 맞춰 볼 기회였으나 그럴 수 없음에 섭섭함이 동한 것이었다.

하나 그런 감정 또한 금세 툴툴 털어 버렸다.

이제는 명문가도 견제가 아닌 화합을 도모해 나가야 할 때.

"굳이 오늘이 아니더라도 조만간 그럴 때가 찾아오겠지."

그렇게 생각을 정리한 그는 한 헌터에 의지해 한쪽 구석으로 가 털썩 주저앉아 휴식을 취했다.

그러면서도 연신 주위를 훑었다.

혹여 위험에 빠진 헌터가 있다면 돕기 위해서였다.

그러던 순간.

"……!"

일순 살기를 감지한 그가 다급하게 지팡이를 들어 올렸다.

태애앵-!

맥없이 튕겨져 나오는 지팡이.

그것을 쥔 손에 저릿한 통증이 전해졌다.

"크윽."

그 모습에 광무의 입이 O 자를 그렸다.

"오오오!! 이걸 막았어! 당신은 도덕책……! 가주는 이런 존재들이었던 것인가!"

광무는 두 팔로 자신의 몸을 감싸 안으며 바르르 떨었다.

전율을 느끼고 있는 것이었다.

"너무 갖고 싶어…… 그런 당신의 목! 그건 소신의 몫!"

팟-

단숨에 거리를 좁힌 광무의 검이 홍한수의 목을 노리고 휘둘러졌다.

일반적인 마법계 헌터였다면 어쩔 도리가 없는 공격이었으나. 한 가문의 대표이자 내로라하는 S급 헌터인 홍한수라면 상황이 달랐다.

"이놈!"

지팡이를 곤두세우며 즉각 대응하는 그..

산전수전을 다 겪은 그에게는 근접전에 대한 대비가 갖춰져 있었다.

이내 마나를 머금은 지팡이에서 모든 것을 태워 버릴 듯한 열기가 치솟는다.

-인페르노 타워(Inferno Tower)!

화아악-!!

그의 주위를 감싸 오르는 불길이 한 탑을 만들었다.

오롯이 불로 형성된 탑은 근처에 있는 것을 모두 녹일 정도로 엄청난 열기를 내뿜었다.

그리고 그것은 단순히 열기를 뿜는 것에 그치지 않았다.

치이익-

인페르노 타워와 맞닿은 검에서 시꺼먼 연기가 피어오르자, 새까만 그을음이 생긴다.

황진욱과의 맞대결에서도 끄떡도 하지 않았던 검이 녹아내리려 하는 것이었다.

"오우 쉣! 아직도 이런 스킬을 사용할 마나가 있었어?"

하나 광무는 검을 회수하지 않았다.

우우웅-

오히려 검에 마나를 주입하며 맹렬히 회전시켰고.

언제 밀렸냐는 듯 불길을 밀어내며 타워를 파고들었다.

이윽고 검날이 일정 부분 이상을 뚫고 들어갔을 때.

타워에서 뽑혀 나온 광무의 검이 낡은 검과 격돌했다.

쒜엑- 파앙!

검룡을 파훼한 황진욱이 홍한수를 도와주러 온 것이었다.

"약아빠진 녀석. 네 상대는 이 몸이다!"

분기탱천한 얼굴을 한 채 검을 찔러 오는 황진욱.

그에 반해 광무는 하얀 이를 드러내며 방긋 웃을 뿐이었다.

스으응-

손목을 비틀어 검날을 옆으로 돌리자 면을 타고 황진욱의 검이 스쳐 올라가고.

로브를 흩날린 광무는 황진욱의 옆을 스쳐 지나가며 말했다.

"당신은 다음 기회에 또 보자고~ 나도 아쉽지만 우리 엄 사제님이 화가 단단히 나신 것 같아서 말이야."

황진욱의 미간에 깊은 주름이 잡힌 것도 동시였다.

진각을 밟은 그는 그 발을 축으로 삼아 상체를 비틀었다.

하지만 광무는 이미 그림자 속으로 사라진 뒤였고, 그의 검은 괜한 허공을 가를 뿐이었다.

속으로 숨어든 만큼 육안으로 찾을 수 없는 것은 당연지사였고.

반경 100m에 달하는 자신의 영역 내에 흩뿌려진 마나마저 놈들의 자취를 찾을 수 없었다.

완전히 달아난 것이었다.

철천지원수를 눈앞에 두고도 놓쳤다는 사실에 깊은 곳에서부터 분이 올라왔다.

그런 감정을 토해 내듯 있는 힘껏 땅에 검을 꽂아 넣는 그.

콰아앙!!

"크으…… 젠장!!"

황진욱의 비탄한 심정이 폐허로 변해 버린 인천 시내에 울려 퍼졌다.

그러나 언제까지 그것에 얽매일 수는 없는 일.

한시 바삐 상황을 정리하는 게 먼저였던 황진욱은 마음을 갈무리하며 고개를 돌렸고.

때마침 거칠게 타오르던 인페르노 타워의 불길이 서서히 사그라들었다.

피부를 따끔거리게 만들던 열기마저 걷히며 서서히 드러나는 한 사람의 신형.

황진욱이 염려가 가득한 눈길로 그를 지그시 바라보았다.

이곳에 도착했을 때부터도 이미 힘에 겨워하고 있던 홍한수였기에, 그의 안위가 염려스러웠던 것.

"홍 가주, 너무 무리하셨……!"

그러나 황진욱은 말을 다 잇지 못하고 곧바로 몸을 날릴 수밖에 없었다.

전장 속에서 몬스터가 공격을 해 왔기 때문이 아니었다.

불길이 사라지며 내부가 훤히 드러난 그곳에서 홍한수가 피를 토한 채 무릎을 꿇고 있었기 때문이었다.

"홍 가주!!"

황급히 부축하며 상태를 살피던 황진욱의 두 눈이 거칠게 요동쳤다.

급하게 온 탓에 흔한 헌터용 슈트 하나 없이 정장만을 걸친 그. 한데 새하얀 셔츠가 빨갛게 물들어 있었다.

가슴팍에 나 있는 검상.

그것이 원흉인 듯했다.

홍한수가 힘겹게 고개를 들어 보지만 다시금 피가 울컥 올라왔다.

"푸헉."

검붉은 피를 토해 낸 그의 고개가 힘없이 숙여졌다.

"조금만 기다리시오. 내 얼른 가서 힐러를 데리고 올 터이니."

자리에서 일어나는 그를 홍한수가 붙잡았다.

"크으…… 돼, 됐습니다…… 저는…… 이미……."

"말하지 마시오! 우리 힐러만 데리고 오면 어떻게든 살 수 있으니!"

"아닙니다…… 제 몸은…… 제가 더 잘 압니다……."

그저 검에 찔린 간단한 부상이 아니었다.

검날에 둘러져 맹렬하게 회전하던 마나는 인페르노 타워를 뚫고 들어와 가슴을 관통했다.

게다가 관통하는 데 그치지 않고 몸속을 거칠게 헤집어 놓기까지 한 상황.

현재 그는 살아서 말을 하는 게 기적일 정도로 좋지 않은 상태였다.

"그래도…… 황 가주가 계셔서…… 다행입니다."

"거 말하지 말라 하지 않았소! 뭣들 하느냐! 어서 힐러를 데려오너라!"

수하들에게 큰 소리로 외쳐 대는 황진욱의 팔을 붉게 물든 홍한수의 손이 부여잡았다.

죽음을 직감한 그는 목을 타고 넘어오려는 피를 간신히 참아 내며 말했다.

"우리 유나…… 그리고 이슬이한테…… 말 좀 전해 주십시오…… 크윽…… 너무 슬퍼하지 말고…… 사이좋게 지내라고……."

간신히 명줄을 붙잡고 있던 홍한수는 그것을 끝으로 고개를 떨궜다.

언제 어디서나 가문만 생각하며 살아왔던 가주의 삶.

그런 이가 마지막 순간 힘을 쥐어짜 내 겨우 남긴 유언은 가문의 미래가 아닌 딸들의 화목에 대한 당부였다.

◇ ◆ ◇

재건은 패왕 길드를 통해서 텐진에 무슨 일이 벌어졌는지를 전해 들었다.

갑작스레 하늘에 뚫린 구멍.

어떠한 경고도 없이 그곳에서 쏟아져 나온 몬스터들이 시내를 쑥대밭으로 만든 것이라고.

오랜 시간 헌터 생활을 해 왔지만 지금과 같은 사태를 겪은 건 처음.

하지만 그 구멍이 무엇을 의미하는지를 유추하는 건 그리 어렵지 않았다.

"균열……."

정확한 뜻을 알 수 없었던 시스템의 말.

억지로 잠재웠던 가속화에 따른 페널티로 균열이라는 것이 발생한다고 했었다.

그것이 이런 것을 의미할 줄이야.

별다른 생각 없이 이곳으로 넘어왔기 때문에, 그 충격은 이루 말할 수 없었다.

일본에서 이곳으로 넘어온 이유는 세계 각지로 흩어진 공략대 중 조충이 해내야 할 일이 가장 까다로운 까닭.

톈진이 몬스터에 의해 한바탕 난리가 났다는 사실 따위는 전혀 예상치 못했고, 단순한 우연의 일치였다.

생각이 거기까지 닿자 문득 불안한 예상이 스며들었다.

'균열이 발생한다고만 했지, 하나만 생긴다는 말은 없었으니까.'

이곳을 제외하고도 다른 곳에 또 다른 균열이 발생했을지도 모를 일이었다.

그리고 여기보다 더했으면 더했지 덜하지는 않을 것이었다.

'초토화가 된 곳도 있겠지.'

톈진은 왕웨이가 있던 베이징에서 멀지 않은 데다가 이미 패왕 길드의 지부가 자리 잡았던 곳.

이들보다 빠른 대응을 보이지 못한 곳이라면 재앙을 맞이하고 있을 게 분명했다.

그렇다면 공략대를 걱정하고 있을 때가 아니었다.

재건은 즉시 한 곳으로 시선을 옮기며 말했다.

"메르세데스."

"예! 부르셨습니까!"

아우그라를 비롯한 패왕 길드원들에게 재건의 명을 따라

뜻을 전달하던 메르세데스는 순식간에 그의 앞에 나타났다.

다른 행동을 하고 있으면서도 바로 옆에서 대기하고 있던 신하처럼 빠른 행동이었다.

"한국까지 공간이동 되나?"

"한국이면…… 원래 계시던 곳을 말씀하시는 거죠? 당연히 가능합니다!"

"그럼 부탁 좀 하지."

"……?"

의아하다는 기색으로 슬며시 고개를 들어 올리는 메스세데스였다.

마계와 인간계를 이을 수 있는 게 바로 자신.

고작 인간계 내에서의 이동이 불가능할 리 없었다.

반면 눈앞의 존재는 자신과는 비교조차 불허하는 고룡.

고작 공간이동 따위를 부탁한다는 것에 의문이 들었던 것이다.

"아…… 알겠습니다!"

그런 그녀가 이내 황송하다는 표정으로 고개를 숙이며 스스로를 크게 책망했다.

'깊은 뜻을 눈치채지 못하다니!'

다른 이들에게는 고룡이 아닌 인간이어야 했기에 이런 것까지 하나하나 염두에 두고 행동하는 것이었다.

그만큼 유희에 정성을 들이고 있는 것인데 그것을 알아채지 못했다니.

몰랐다면 모를까, 알게 된 이상 그 뜻에 철저히 맞춰 줘야
했다.

그렇게 재건이 알면 헛웃음을 흘릴 결론을 내린 그녀는 꿇
고 있던 무릎을 세우며 말했다.

"한국의 어디로 가시겠습니까?"

"협회장실."

"……."

금방이라도 공간을 열 것처럼 호기롭게 답하던 것과 달리
메르세데스는 망설임을 보였고.

이에 재건이 미간을 찌푸리며 물었다.

"뭐 해? 바로 안 열고."

"죄송하지만 그게 어딘지……."

"모르면서 어디로 갈 건지는 왜 물었어?"

"죄, 죄송합니다!"

재건의 눈썹이 꿈틀거리자 메르세데스는 황급히 부복하
며 벌벌 떨었다.

"후우. 그냥 우리 공략대 사무실로 열어."

"그렇게 하겠습니다!"

메르세데스는 또다시 잘못을 추궁당할세라 황급히 공간
을 열었다.

"그럼 편안히 가십시오. 이곳은 말씀하신 대로 제가 알아

서 잘 가꿔 놓겠습니다."

재건은 그곳으로 들어가기 전 그녀를 흘깃 쳐다보며 당부를 남기는 것을 잊지 않았다.

"명심해. 이게 너에게 마지막 기회라는 것을."

그 말을 끝으로 재건의 신형이 사라졌고.

잠시 몸을 부르르 떤 메르세데스가 도끼눈을 뜨고 아우그라가 있는 쪽으로 고개를 돌렸다.

한강에서 뺨 맞고 종로에서 눈 흘기듯 그들에게 화풀이할 생각이었다.

"너흰 다 죽었어."

독일 하멜른.

박현제가 옆에 있는 김선호의 옆구리를 툭툭 건드렸다.

"봤어요?"

"뭐를?"

"와, 이 형. 다 봤으면서 못 본 척하는 것 좀 봐. 방금 레깅스 입고 뛰어가는 여자 쳐다봤잖아요."

그러자 김선호가 헛웃음을 지으며 대답했다.

"현제야."

"왜요?"

"미안한데, 난 가정이 있는 몸이야. 너야 총각이니까 그럴 수 있지만, 나는 그러면 안 되지."

순식간에 얼굴이 붉어진 박현제는 앞에 앉아 샐러드를 먹고 있는 홍이슬의 눈치를 봤다.

"하, 하하. 이슬 씨 이건 그러니까…… 제가 보고 싶어서 본 게 아니라 낯선 땅이니 항상 주위를 경계하는 뭐…… 그런 겁니다. 오해하시면 안 돼요!"

"오해 안 해요. 같은 여자인 저도 눈이 돌아가는데 뭐 당연한 거죠."

"……예."

"그것보다 우리 언제까지 이렇게 조사만 하고 돌아다닐 거예요? 재건 님이 시키신 일 해야죠."

박현제는 테이블 위에 놓여진 테이블을 가리키며 대답했다.

"조사는 이미 다 끝냈죠."

"페어리 가든? 어디서 많이 들어 봤는데?"

"지금 우리가 있는 이곳이 페어리 가든이에요."

"어? 그럼?"

홍이슬의 반응에 신난 박현제는 다시 한쪽을 가리키며 씨익 웃었다.

"예, 저기예요."

그의 손가락이 향한 곳에는 하나의 문구가 적혀 있었다.

Der Rattenfänger von Hamlen.

독일어로 '하멜른의 쥐 잡이'라는 뜻이자, 다른 나라에는 피리 부는 사나이로 많이 알려진 이야기.

그 이야기의 랜드마크인 피리 부는 사나이 하우스가 이들의 최종 목표였다.

생각보다 일정이 빨리 끝날지도 모른다는 생각에 홍이슬이 활짝 웃으려던 그때.

그녀가 표정을 돌변하며 한 곳을 쳐다봤고.

나머지 두 사람 또한 굳게 굳은 얼굴로 같은 장소를 응시했다.

"이거 그거 맞죠?"

"예, 분명 조충 씨가 사용하는 것과 같은 마기였어요."

조금 전 느껴진 급격한 에너지 변화는 분명 마기였다.

문제는 마기를 사용할 수 있는 두 사람은 전부 중국에 있는 상황.

그들 이외에 또 다른 존재가 있는 것이라면 심상치 않은 일이 벌어질 징조였다.

박현제가 자리에서 벌떡 일어나며 외쳤다.

"가 보죠!"

다른 둘이 가볍게 고개를 끄덕이는 것으로 대답을 대신하며 그의 뒤를 따랐고.

빠르게 진원지로 추정되는 장소로 이동한 셋은 한 골목에 들어서기 무섭게 당황스러운 기색을 내비칠 수밖에 없었다.

너무도 익숙한 얼굴의 일남 일녀.

"재건 님?"

다름 아닌 재건과 메르세데스였다.

한데 그의 얼굴이 한없이 침체된 채 굳어 있었다.

아니, 서글픈 기운마저 감돌았다.

"왜 그래요?"

홍이슬이 걱정된다는 듯 물음을 던지자 그는 낯빛에 그늘을 드리운 채 뚜벅뚜벅 걸어와 앞에 멈춰 섰다.

그리곤 조심스럽게 입을 열었다.

"한국으로 갑시다."

"네? 여기서 시키신 일도 아직 안 끝났는데요?"

그녀의 하문에도 재건은 쉽사리 대답을 꺼내지 못했다.

말해야 한다는 것을 알면서도 좀처럼 입술이 떨어지지 않았던 것.

이를 의아하게 바라보던 홍이슬의 눈빛이 차츰 불안함에 물들어 갔다.

분명 셋이 이곳에 있는데도 불구하고 자신에게만 한국으로 가자고 하는 것.

그리고 애처로움이 가득한 채 자신을 쳐다보는 저 눈빛까지.

"무슨 일…… 있나요?"

그녀가 떨려 나오는 목소리로 물어 오자, 재건은 마른침을 한 번 삼키고는 대답했다.

"홍한수 가주께서 돌아가셨습니다."

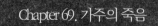

Chapter 69. 가주의 죽음

장례식장에서 치러지는 평범한 장례식이 아닌 국장.

기나긴 행렬이 이어진다.

제 피부처럼 몸에서 떨어질 줄 모르던 헌터용 슈트를 벗어 던지고, 검은 정장을 차려 입은 사람들.

한 고인의 죽음을 추모하기 위해 모인 것이라고는 믿을 수 없을 정도로 수많은 헌터들의 발길이 끊이지 않았고.

그들의 발길이 향하는 곳에는 환하게 웃고 있는 중년 남성의 사진이 자리하고 있었다.

전라 헌터 명문가인 월(月)의 가주였던 홍한수였다.

"아빠……."

머리를 질끈 묶은 여성이 다리에 힘이 풀려 털썩 주저앉았다.

그리곤 멍한 표정으로 영정을 바라보는 그녀.

어떤 일에도 무덤덤하고, 당당했으며 한때 차가운 모습만 보인다 하여 '얼속힐'이란 별명까지 붙었던 홍유나.

그런 그녀로서도 아버지의 죽음 앞에서는 한없이 무기력할 수밖에 없었다.

월가의 장녀라 해도 지금 이 순간만큼은 아빠를 잃은 딸, 그 이상도 그 이하도 아니었으니까.

"마지막으로 웃는 것을 본 기억이 언제인지조차 떠오르지 않는데……."

항상 근엄한 모습만 보였던 당신이었는데.

사진 속 아빠는 너무도 밝게 웃고 있다.

이제 다시는 마주할 수 없는 미소였다.

"크흐윽……."

받아들이고 싶지 않은 작금의 현실이 너무도 원통하게 다가왔고, 가슴이 미어지는 것만 같은 고통에 숨조차 쉬기 힘들었다.

다른 사람들은 도대체 무엇을 하고 있었길래, 그토록 강인하던 아빠가 죽는 결과를 초래한 건지.

왜 하필 자신이 해외에 나가 있을 때 이런 일이 벌어진 건지.

자신을 비롯한 모두에게 분노가 치솟았다.

월의 1장로 홍태길은 그런 그녀를 다독였다.

"좋은 곳으로 가셨을 게다."

"……지금 좋은 곳이라고 하셨어요? 아빠가 어떻게 돌아가셨는데요?! 빌어먹을 몬스터에 의해 돌아가셨어요! 죽는 그 순간까지 얼마나 원통하시고, 얼마나 고통스러웠을지 상상할 수도 없어요!"

벌게진 두 눈으로 쏘아보는 모습에 홍태길이 나지막히 한숨을 내쉬며 말했다.

"유나야. 네 심정은 십분 이해하는 바이나, 그런 감정을 너만 느끼는 것이라 호도하지 말거라. 가주님은 우리 장로들에게도 피를 나눈 형제였고, 오랜 세월 큰 귀감이 되신 분이셨다. 이곳에 있는 모두가 애통할 것이야."

홍유나는 흘러나오는 눈물을 감추지 못하고 울컥 쏟아 냈다.

북받쳐 오르는 감정을 주체할 수 없었고, 억한 심정에 괜한 가족들에게 화를 낸 자신이 너무 초라하게 느껴졌다.

홍태길은 그런 그녀의 어깨를 감쌌다.

"그래, 마음껏 울거라. 남김없이 토해 내거라. 네 안의 슬픔이 더 이상 남아 있지 않을 때까지…… 그리고 훌훌 털고 일어나거라. 이 일을 마음 한편에 담아 두되, 절대 흥분해서도 좌절해서도 안 된다. 그거야말로 놈들이 바라는 것일 터이니."

"죄송해요……."

그의 품에 안긴 홍유나는 하염없이 눈물을 흘렸다.

사실 제일 용서할 수 없는 건, 몬스터도, 아빠와 함께 있었던 헌터들도 아니었다.

다름 아닌 홍유나 본인.

자신이 옆에 있었다면 죽지 않고 살 수 있었을 거라는 생각.

그가 어떤 부상을 당했을지라도 어떻게든 살려 낼 수 있었을 거라는 생각이 끊임없이 머릿속을 맴돌며 괴롭혔다.

그런 심사를 이해하는 홍태길이 그녀의 등을 토닥거리며 위로했다.

"네 잘못이 아니다. 홀로 짊어질 것 없다. 우리는 모두 네 편이니."

울대를 타고 나와 곳곳으로 퍼져 나가는 홍유나의 비통한 심정.

월가의 헌터들이 아랫입술을 짓씹으며 울분을 삭였다.

그때 많은 인파를 가르고 몇 사람이 그들에게로 다가왔다.

홍유나를 대신해 옆에서 고개를 떨구고 있던 2장로 홍정길이 그들을 맞이했다.

"오셨습니까."

금강의 일원들.

가주를 비롯해 장로들과 직계 자손들이 그곳에 당도한 것이었다.

홍태길이 예를 갖추기 위해 홍유나를 부축해서 옆에 섰고.

황진욱은 향을 피워 향로에 꽂고는 신위를 향해 고개를 숙였다.

금강의 일원들 역시 그를 따라 예를 표했는데.

그런 이들을 바라보는 월가의 시선은 크게 두 부류로 나눠졌다.

대부분은 빈소를 찾은 객을 맞이하는 시선.

하나 몇몇 이들의 것에선 명백한 적의가 담겨 있었다.

그들도 최선을 다했을 테고, 원망하는 것이 옳지 않다는 것을 알고 있음에도 끝내 자신들의 가주를 지켜 내지 못했다는 불만이 여전히 마음 한구석에 자리 잡았던 것이다.

그런 시선들을 묵묵히 받으며 몸을 바로 한 황진욱이 상주 자리에 위치한 홍태길에게로 다가갔다.

그리고는 또다시 고개를 숙였다.

"미안합니다."

홍한수를 지키기 위해 분전했으나 뜻을 이루지 못했다.

그것은 오롯이 자신의 나약함 때문.

더 강했다면, 적들을 압도했다면 이런 결과를 마주할 일도 없었을 터.

월가의 원망은 당연한 것이고, 스스로 감내해야 할 일이었다.

그 심정을 잘 알기 때문에, 홍태길로서도 고개를 끄덕이는 것 말고는 해 줄 수 있는 말이 아무것도 없었다.

그때 그들의 주위로 공간이 찢어지며 한 여성이 모습을 드러냈다.

제대로 된 복장도 갖춰 입지 않고 국장에 이게 웬 무례인가 싶었지만, 그녀의 모습을 확인한 사람들은 어떤 목소리도 내지 못했다.

영정 앞에 무릎을 꿇고 넋을 잃은 표정을 짓는 그녀.

홍이슬의 입술 사이로 떨리는 음성이 흘러나왔다.

"아, 아빠……."

생각해 보지도 않은 급작스러운 죽음.

그것은 그녀의 혼을 쏙 빼놓을 정도로 커다란 충격을 불러일으켰다.

그 탓에 같은 말만을 반복했지만, 지금 이 순간 그녀를 나무라는 사람은 아무도 없었다.

작금의 심정을 쉬이 이해하기 때문이었다.

그런 그녀를 바라보던 황진욱의 시선이 뒤편에 시립한 재건에게 잠시 닿았지만, 이내 다시 월가의 일원들에게 향했다.

자신이 이곳에 있는 것이 저들에게는 불편함으로 다가올 수 있다는 것은 충분히 알고 있었다.

서둘러 자리를 떠나 주는 것이 예의라는 것을 알고 있음에도 그는 발걸음을 떼지 못했다.

아직 못다 한 일이 남아 있었으니까.

"홍 가주께서 마지막으로 남기신 전언이 있습니다."

월가 일원들의 시선이 일제히 그에게 쏠렸고.

잠시 숨을 고른 황진욱은 홍유나와 홍이슬 두 사람을 번갈아 보며 말을 이었다.

"두 따님에게 하신 말씀입니다. 너무 슬퍼하지 말고……
사이좋게 지내라고…… 이것이 고인의 유언이셨습니다."

그와 동시에 홍유나와 홍이슬은 숨이 턱 막혔고.

두 사람의 구슬피 우는 소리가 그곳을 가득 메웠다.

원래도 숙연했던 분위기는 더욱 침중해지며 무겁게 가라
앉았다.

이로써 자신의 소임을 다했다 생각한 황진욱은 자리를 벗
어나기 위해 걸음을 옮겼다.

그때 홍정길이 그에게 조심스럽게 말을 건넸다.

"고맙습니다."

일순 멈칫하며 걸음을 멈췄던 황진욱은 고개를 숙이며 답
하고는 자리를 빠져나왔다.

그리고 멀찍이 떨어져서 지켜보고 있던 재건의 앞에 섰다.

"오랜만이구나."

"우리가 이렇게 살갑게 인사할 사이였습니까?"

재건의 말에 그의 뒤를 따르던 금강의 일원들이 표정을 구
겼지만, 황진욱은 크게 신경 쓰지 않았다.

"그래…… 그건 아니지. 미안하구나."

오히려 쓸쓸한 웃음을 지은 채 사과의 뜻을 건네며 재건을
스쳐 지나갈 뿐이었다.

재건은 그에게 시선도 주지 않았다.

엄국진에게 이용당해서 그랬던 것이라고는 하나 이대로 용서하기에는 씻을 수 없는 상처가 뼛속 깊은 곳까지 새겨져 있었기 때문이었다.

아니, 애초에 황진욱을 신경 쓸 겨를 따윈 없었다.

지금 그의 신경은 통곡하며 울부짖고 있는 두 사람에게 쏠려 있었으니까.

'후우. 어쩌다 이런 일이 벌어진 건지.'

회귀 전까지도 홍한수는 멀쩡히 월가를 이끌며 살아 있던 인물.

균열에서 쏟아져 나온 몬스터와 그들을 이끌던 무리에게 죽임을 당할 거라고는 전혀 생각지도 못했다.

이는 가볍게 넘길 문제가 아니었다.

'홍한수 가주는 협회장님과 같이 우리나라 마법계의 정점을 달리는 분. 금강까지 파견된 마당에 그를 지키지 못했다는 건……'

균열에서 나오는 몬스터와 놈들을 이끄는 정체불명의 집단이 생각 이상의 힘을 가지고 있다는 뜻이었다.

거기에 더 불안한 것은 이것이 단지 시작에 불과할 것이라는 생각이었다.

몬스터가 세계를 뒤덮는 재앙이 그리 멀지 않았다는 불길한 예감이 뇌리를 스쳤다.

그때.

"……!?"

불쑥 느껴지는 감각에 재건의 고개가 홱 하고 돌아갔다.

넓게 펼쳐진 의자에 앉아 있는 수많은 사람들.

그의 시선은 그중에서도 정확히 저 끝에 위치한 한 사람을 향했다.

처음 보는 얼굴.

하지만 그에게서 느껴지는 기운은 잊을 수 없는 놈의 것이었다.

"저 미친 새끼가 여기가 어디라고."

그도 재건의 시선을 느낀 건지 마주 보며 씨익 웃어 보였다.

그리고는 자리에서 일어나더니 따라오라는 듯 고개를 까딱거렸다.

소리도 없이 자리에서 사라진 재건은 순식간에 그의 앞을 가로막고는 목을 움켜쥐었다.

"그렇게 얼굴을 바꾸면 내가 널 못 알아볼 줄 알았나?"

"크흐흐…… 이거 놓고 말하시죠. 보는 눈이 많네요."

그의 말처럼 주변 사람들의 시선이 모두 재건에게 쏠려 있었다.

하지만 재건은 그에 개의치 않았다.

"넌 사람이 아니라 해충이다. 당장 이 자리에서 널 죽여도 박수를 받을 테지."

"크윽…… 설마 제가 보험 하나 없이 이 자리에 왔다고 생각하시는 건 아니죠? 할 말이 많아요. 일단 놓고 얘기하시죠."

재건은 인상을 구기면서도 그의 목을 잡고 있는 손에 힘을
풀었다.

자신의 힘을 어느 정도 알고 있음에도 이 자리에 모습을
드러냈다는 건.

그만한 자신감이 동반되지 않으면 불가능한 일이었으니까.

보험으로 무엇을 가지고 있는지 모르는 상황에서 섣불리
목을 따 버릴 수는 없는 노릇이었다.

조였던 목이 원상태로 돌아오고 숨이 트인 그는 옷매무새
를 가다듬으며 말했다.

"우선 오늘 이 자리에서 저를 해할 생각은 하시지 않는 게
좋을 겁니다. 제가 신호를 보내거나 혹은 다치기만 해도 이
곳은 한바탕 난리가 날 테니까요. 설마 홍한수 가주의 장례
식이 엉망이 되는 걸 원하는 건 아니시겠죠?"

천연덕스럽게 웃고 있는 얼굴.

재건은 절로 욕지거리가 튀어나왔다.

"이런 개새끼가……."

앞에 있는 사내의 정체는 잔재주로 얼굴을 바꾼 엄국진이
었다.

재건에게서 살기가 피어오르자 엄국진은 놀란 표정을 지
으며 한 걸음 뒤로 물러났다.

"워워. 진정하시는 게 서로 좋을 텐데요?"

자신이 알아볼 것을 염두에 두고 움직인 엄국진.

단순히 속을 뒤집기 위해 이곳에 온 게 아닐 거라는 생각에 재건은 화를 삭이며 말했다.

"왜 온 건지나 말해."

"역시 그쪽이랑은 말이 통할 줄 알았죠. 가장 먼저 드리고 싶은 말은…… 우리랑 함께할 생각 없습니까?"

빠득.

재건이 이를 갈고 이마에 핏줄이 올라오자 엄국진은 어깨를 으쓱거렸다.

"뭐, 이건 그냥 해 본 얘기고. 본론으로 들어가자면, 당신이 예상 밖의 힘을 가지고 있다고는 하나 천공 앞에서는 한없이 무기력한 존재에 불과할 거라는 겁니다."

"천공이 누구지?"

"우리가 모시는 분이시죠. 곧 그분께서 강림하셔서 세상을 깨끗하게 청소하실 겁니다."

"강림에 청소라…… 광신도 새끼들이 할 법한 말을 지껄이는군."

재건의 철저한 무시에도 엄국진은 여유로운 표정을 지으며 대답했다.

"글쎄요. 과연 그럴까요? 월의 가주가 죽은 일은 경고에 불과합니다. 이건 한국뿐만 아니라 전 세계에 해당하는 일이죠."

그 순간 재건의 미간이 구겨졌다.

세계 곳곳에 발생한 균열과 그곳에서 쏟아져 나온 몬스터들.

단순히 인과율을 비튼 대가로 시스템이 페널티를 부과한 것에 지나지 않을 것이라 생각했는데.

실상은 엄국진이 속한 단체와 연관이 되어 있을 줄이야.

딥 블루의 정보력을 총동원한 브론도 흔적을 찾을 수 없을 만큼 베일에 싸인 단체.

어느 수준의 적인지 도무지 가늠이 되지 않았다.

다만 한 가지 확실한 건, 금강을 상대하는 와중에 홍한수를 죽일 정도의 무력을 갖추었다는 것.

그리고 이것이 경고에 불과하다는 것을 비추어 볼 때.

필시 놈들이 훗날 벌어질 대재앙의 주동자임에 틀림없었다.

몬스터를 조종한다는 것까지 비슷했으니까.

재건은 지난번 파르마의 심안을 통해 보았던 것에 대해 물었다.

"하얀 머리카락을 가진 사람은 누구지?"

"글쎄요? 우리 중에 하얀 머리카락이 있나?"

전과 동일하게 여유롭게 대답하는 엄국진이었으나, 재건은 분명히 볼 수 있었다.

찰나의 순간 멈칫거리며 조그맣게 흔들리는 눈동자를 말이다.

"그놈에게 가서 전해라. 절대 네놈이 원하는 대로 되지 않을 거라고."

엄국진은 팔짱을 끼고 재건을 빤히 쳐다봤다.

"흐음. 지금 보니 당신은 말이 통하지 않는 사람이네요. 아무리 날고 기어 봐야 천공께서 강림하시는 그날 당신은 날벌레에 불과할 겁니다."

"아니, 너희는 전부 내 손에 죽게 될 거다. 지금처럼 꼭꼭 숨어서 평생 나오지 않는 게 좋을 거야."

"하하하!! 교주께서 왜 당신을 주목하고 있는지 알겠군요. 저도 그분의 깊은 뜻을 이해하는 걸 보니 은총을 받긴 했나 봅니다."

대화의 끝을 알리듯 조금씩 뒤로 물러나는 엄국진.

그는 그림자 밑으로 조금씩 가라앉으며 마지막으로 말을 던졌다.

"다음에 우리가 만날 때는 고작 가주 한 명이 죽는 걸로 끝나지 않을 겁니다."

재건은 당장이라도 그를 죽이고 싶은 마음이 굴뚝같았지만, 그저 묵묵히 지켜볼 수밖에 없었다.

홍한수 가주의 장례식을 엉망으로 만들 수는 없으니까.

그는 엄국진이 사라진 자리를 보며 낮게 읊조렸다.

"다음에는 네 의지로 땅에 들어가는 게 아니라, 죽어서 파묻히게 될 거다."

그리고 그 순간에.

홍유나와 홍이슬에게는 지금까지와는 다른 헌터로서의
변화가 일어나고 있었다.

원래 계획했던 것과는 달리 붕 떠 버린 시간.

재건은 이대로 가만히 있기보다 효율적으로 사용하기로 마음먹고는 한 게이트로 향했다.

이런 참담한 상황에서도 절대 잊지 말고 행해야 할 일이 있기 때문.

그로부터 얼마 지나지 않아 간단하게 게이트를 클리어하고 빠져나오는 재건의 앞에 홀로그램이 떠올랐다.

[운명의 수레바퀴 - 지속 퀘스트] - 완료

- 일주일에 몬스터를 500마리 이상 잡아라.

보상 : 지력+1

실패 페널티 : 뒤틀린 운명(運命) 복구.

진행도 : 500/500

재건은 볼 것도 없다는 듯 손을 내저어 그것을 없앴다.

"그저 꿈인 줄 알았는데, 이럴 때 보면 이것도 은근히 귀찮단 말이지."

보상 덕분에 희희낙락했던 것도 잠시뿐, 이후부터는 대단히 신경이 쓰일 수밖에 없었다.

혹여나 깜빡하고 넘어가는 날에는 지금까지의 고생이 말짱 도루묵이 되어 버릴지도 모를 일.

그 탓에 시급히 처리할 일이 있어도 이 퀘스트에 발이 묶일 때가 많았던 것이다.

"그래도 일주일마다 지력을 올려 준다는 건 변함없이 매력적이니까."

성장 초반기면 모를까, 대성한 지금으로선 스탯 하나하나의 상승은 더할 나위 없는 즐거움.

그것이 귀찮음을 극복하게 만드는 요소이자, 매 주를 기다리게 만드는 로또 같은 존재였다.

[이재건]

▶ 등급 : SSS

▶ 스탯

힘 : 1,005(+41)

민첩 : 1,005(+36)

지력 : 349(+11)

체력 : 1,005(+42)

▶ 특성

무한

▶ 스킬 : 원소(SS), 비기(???), 참격(S), 라이트(B), 호크아이(S), 백발백중(A), 이기어검(SS), 인비저블(A), 앱솔루트 실드(S), 나의 가족(B)……

▶ 컨택트 : 무형(無形)

뒤이어 상승된 지력 스탯을 확인하라는 듯 연이어 떠오른 상태창.

그마저도 없애 버리려던 재건의 시선이 잠시 멈칫하며 한 곳에 고정됐다.

스킬 '나의 가족'이었다.

가족으로 등록되어 있는 인물은 삼촌과 재백, 박현제, 김선호까지 총 4명.

"그러고 보니 이거랑 관련된 퀘스트가 뜬 지도 오래됐네."

위 네 사람을 등록한 이후로 다른 사람들과 유대 관계를 맺으라는 퀘스트는 단 한 번도 부여되지 않았다.

그 말인즉, 다른 공략대들은 시스템이 인정하는 가족이 아니라는 뜻.

그도 아니면 아직 조건이 충족되지 않았다는 말일지도 몰랐다.

과연 그 조건이 무엇일까?

어떻게 하면 그들 또한 하나의 가족으로 인정받을 수 있을까?

그렇게 고민하던 재건이 이내 고개를 저었다.

"조건은 개뿔. 이딴 시스템의 인정 따위가 뭐 중요해? 내가 가족이라 생각하면 그만이지."

가족이 별거인가. 희로애락을 함께 공유하고 서로를 소중하게 여기면 그뿐인 것이다.

굳이 서류나 시스템 같은 무언가에 얽매일 필요도 없이 각자가 그렇게 여기고 받아들이면 되는 일.

"네가 허락하지 않아도 그들은 이미 내 가족이야."

명령과도 같은 단호한 재건의 음성.

누군가의 허락도 필요치 않다.

그저 자신이 그렇게 인지하면 그런 것이다.

그때였다.

눈앞에 수많은 홀로그램들이 연속해서 떠오른 것은.

재건의 두 눈이 휘둥그레진 것도 동시였다.

[키워드 '가족'과 깨달음을 얻었습니다.]

[전제 조건이 이미 충족되어 있습니다.]

[내면 깊숙한 곳에 형성되어 있는 유대감이 가족 관계로 형성됩니다.]

['홍이슬'과 당신이 하나의 가족이 됩니다.]

['홍유나'와 당신이 하나의 가족이 됩니다.]

:
:
:

"허……."

어이가 없어 헛웃음밖에 나오지 않았다.

무수히 많은 홀로그램들이 의미하는 바는 오로지 하나.

누군가 가족이 되었다는 내용이었다.

여태 아무런 행보도 보이지 않고 감감무소식이더니 이렇게 갑자기?

너무 뜬금없어서 어떻게 받아들여야 할지 감이 잡히지 않았다.

그럼에도 자연스레 입가에 그려지는 미소.

우연인지 아니면 그간 시스템 오류로 누락된 것인지는 알 수 없지만, 저들이 자신의 가족이 되었다는 말은 두 팔 벌려 환영할 일이었다.

게다가 전제 조건의 기충족이란 말인즉슨, 자신이 생각하는 것만큼 그들 또한 자신을 가족과 같은 관계로 인식하고 있다는 뜻.

서로가 동일한 마음을 품고 있다는 것은 분명했다.

재건은 홀로그램을 찬찬히 훑어봤다.

혹여 누락된 사람이 없는지 확인하는 것이었다.

그렇게 한 명 한 명을 살피던 재건이 마지막에 자리한 두 이름을 보고 인상을 구겼다.

"……이게 뭐야."

['라티에 풀 초롱이'와 당신이 하나의 가족이 됩니다.]

초롱이와 릴리스까지 가족이 된 거야 반가운 일이었지만, 시스템이 초롱이의 이름에 라티에 풀을 붙였다는 것에 거리낌이 느껴진 것이다.

"하, 릴리스 이 미친 용 때문에 예쁜 이름이 이상하게 되어 버렸네."

한숨을 내쉬며 사뿐하게 릴리스를 욕하지만, 그런 재건의 입가에는 언제 그랬냐는 듯 다시 미소가 그려졌다.

"이게 대체 몇 명이야. 얼떨결에 대가족이 되어 버렸네."

◇ ◆ ◇

홍한수의 국장은 별일 없이 끝났고.

그에 따라 월가는 바쁘게 움직였다.

명문가에서 가장 높은 자리이자, 많은 사람들을 휘하에 거느리게 될 가주 자리가 공석이 되었기 때문이었다.

매스컴의 이목이 월가에 집중된 것은 당연한 수순.

수많은 추측 기사와 루머가 양산되며 그렇지 않아도 힘들 월가를 뒤흔들었다.

하나 그들을 무조건적으로 질타할 수는 없는 노릇이었다.

사람들이 궁금해하는 소식을 가장 먼저 전달하는 것이 그들의 본분이며, 밥벌이 수단이니까.

기자들이 월가와 관련된 기사를 써 내려간다는 건, 그만큼 많은 사람들이 커다란 혼란을 빚은 안타까운 현실 속에도 월가의 새 주인이 누가 될지를 궁금해한다는 뜻이었다.

그것은 재건 또한 마찬가지.

그는 휴대 전화에 띄워진 기사를 보면서 고개를 끄덕였다.

"과거에 비해 명문가의 위상이 떨어졌다고 해도 대형 길드 이상의 힘을 보유한 곳이니 당연한 거지."

그러면서 한 사람을 쳐다봤다.

"그 얘길 하면서 왜 저를 쳐다보시는데요?"

잔뜩 날 선 목소리의 주인.

월의 차기 가주로 가장 많이 언급된 인물이자 아직까지도 '얼속힐'이라고 불리는 홍유나였다.

"진짜 괜찮겠어?"

"뭐가요? 그럼 이대로 주저앉아서 1년 내내 펑펑 울고만 있을까요? 그건 아빠가 바라시는 게 아니에요."

"그렇겠지. 그런데 그거 말고. 무슨 생각으로 가주 자리를 거절한 거야?"

후계가 제대로 정해지지 않은 상황에서 부재가 발생한다면 임시로 가주직을 맡게 되는 건 가주 다음으로 많은 권한을 갖고 있는 1장로.

월가의 1장로 홍태길은 2장로인 홍정길과 긴 회의를 나눈 끝에 좀 이른 감이 있더라도 홍유나를 가주로 추대하자는 의견을 내비쳤다.

하지만 그녀는 재고의 가치도 없다는 듯 그 제안을 단칼에 거절한 것이었다.

한 가문에 속한 이라면 모두가 꿈꾸고, 누군가는 필사의 노력을 해도 오를 수 없는 자리.

홍한수의 피를 이은 그녀 또한 언젠가 가주가 될 자신의 모습을 그리지 않았을 리 없을 텐데.

홍유나는 그런 자리를 마다한 것이었다.

"그거야…… 제 마음이죠?"

재건은 고개를 갸웃거리며 대답했다.

"네가 아니면 가주는 누가 하는데?"

"연승이가 하겠죠."

"허. 그 모자란 놈이? 몇 번 본 적은 없지만, 그놈이 가주감이 아니라는 건 나도 알겠다. 장로 두 분이 그런 선택을 내릴 리가 없지 않겠어?"

잠시 멈칫하던 홍유나는 한숨을 푹 내쉬었다.

"별수 있나요. 이슬이도 공략대에 남겠다고 했는데."

"진짜 하나도 안 아쉬워?"

"당연히 아쉽죠. 안 아쉽다고 하면 거짓말이죠. 그런데 어쩌겠어요? 저는 아직 한참 부족한 헌터고, 재건 님한테서 배울 점이 너무 많아요. 어떡해서든 악착같이 붙어서 뽕을 뽑아먹을 테니까 그렇게 알아요."

그러자 옆에 있던 홍이슬이 거들고 나섰다.

"저도요. 균열인가 뭔가 하는 게 또 나타난다고 해도 저 혼자 해결할 수 있을 정도로 강해지고 싶어요."

두 자매는 어느새 서로의 손을 붙잡고 결의를 다지고 있었다.

평생을 다투고, 공략대에 들어와서도 좀처럼 가까워질 기미를 보이지 않던 두 사람이 하나의 사건으로 화합을 이룬 것이었다.

더없이 보기 좋은 모습이지만 둘을 바라보는 재건은 입맛이 씁쓸했다.

홍한수 가주가 평생을 바라 마지않았을 일이나 끝내 이 모습을 생전에 못 보고 하늘에서 봐야 했으니까.

'그래, 그거면 됐지. 유언으로 남겨서라도 보고 싶은 모습

이셨을 테니까.'

혼자 감정이 북받쳐 올라 코끝이 시린 느낌이 든 재건은 황급히 고개를 저었다.

간신히 털어 내고 일어난 두 사람의 앞에서 꼴사나운 모습을 보일 수는 없었기에.

그는 내색하지 않으려 애써 얄궂은 표정을 지으며 말했다.

"그건 걱정하지 마세요. 저는 두 사람을 누구보다 빡세게 굴려 드릴 자신이 있으니까요."

"……."

두 사람의 동공에 지진이 일어난 것도 동시였다.

'대체 내가 지금 이 사람 앞에서 무슨 말을 한 거지?'

'나 잠깐 미쳤나 봐…… 할 얘기가 따로 있고, 안 할 얘기가 따로 있지…….'

목소리를 낸 것은 아니었지만, 둘의 생각은 표정에서 훤히 드러났다.

그리고 그 순간.

재건의 귓가에 시스템 알림이 울렸다.

[가족 '홍유나'의 특성이 개화합니다.]
[가족 '홍이슬'의 특성이 개화합니다.]

재건이 알림을 들은 것처럼 그녀들 또한 자신의 상태에 변화가 인 것을 눈치챈 듯 놀란 눈을 떴다.

◇ ◆ ◇

홍유나와 홍이슬의 특성 개화.

그것은 재건으로서도 당황스러운 일이었다.

과거 자신이 알던 상태에서야 어떤 식으로 훈련을 하고 어떤 식으로 스킬을 사용해야 높은 효율을 발휘할 수 있는지 알려 줄 수 있었지만.

전과 달라진 지금에서는 어떤 힘을 가졌고 앞으로 어떤 역량을 발휘하게 될지에 대해서는 무지할 수밖에 없었으니까.

그래서 두 사람이 변화한 힘을 가장 먼저 시험해 볼 장소로 원래 그들이 있던 자리를 선택했다.

공교롭게도 국장이 치러지는 동안 독일 하멜른에 목표로 했던 게이트가 생성되었기 때문이기도 하고.

재건은 자신의 앞에 무릎을 꿇고 있는 메르세데스를 향해 말했다.

"잘 데려다준 거 맞지?"

"예, 말씀하신 대로 동료들이 있는 곳에 데려다주고 왔습니다."

"그래, 고생했어. 그럼 넌 조충이 있는 곳으로 다시 가 봐."

메르세데스는 재건의 고생했다는 말에 놀란 눈을 떴다가

다시 황급히 고개를 숙였다.

"감사합니다!"

재건이 빨리 가라는 뜻으로 손을 휙휙 젓자 그녀는 연기가
되어 흩어졌고.

혼자가 된 그는 목을 좌우로 꺾으며 찌뿌둥한 몸을 스트레
칭했다.

"그래도 월가에 가 보긴 해야겠지?"

홍유나와 홍이슬을 제외하면 월의 차기 가주 후보는 홍연
승 단 한 사람만 남는다.

월의 핏줄답게 그도 초기 등급으로 A급을 받은 전도유망
한 헌터.

하지만 가주에는 어울리지 않는 사람이었다.

왜?

누구 하나 칭찬하는 사람이 없건만 스스로 자만심에 빠져
서 헤어 나오지 못하는 멍청이니까.

"내가 죽을 때까지 S급에 오르기는커녕 조금도 성숙해지
지 않은 그놈이 가주가 되는 건 월가를 망치는 꼴이지."

이런 것까지 말할 수는 없지만, 월가를 위해 조그마한 조
언 정도는 해 줄 생각이었다.

그 순간.

재건의 시선이 문 쪽을 향했다.

사무실로 올라오는 두 사람.

둘에게서 느껴지는 기운은 최소 S급에 해당하는 기운이었다.

'누구지?'

한 사람은 몰라도 다른 이의 기운은 무척이나 익숙했다.

수차례 마주쳐 본 듯한 느낌.

'이게 누구 거였더라?'

그런 고민은 그리 오래 걸리지 않아 해결되었다.

이윽고 문을 열고 모습을 드러내는 두 사람.

전혀 생각지도 못했던 인물들이었다.

재건을 보고 가볍게 목례하는 나이가 지긋한 여성.

회귀 전에도 단 한 번밖에 본 적 없었던 충청도 명문가 환영의 가주 '최금옥'이었다.

그런 그녀의 뒤에는 한쪽 소매가 나풀거리는 최익현이 자리하고 있었다.

'쪼르르 달려가서 엄마를 불러왔어?'

너무 당황한 나머지 멀뚱히 쳐다보고 있던 재건은 이내 정신을 차리고 소파를 가리키며 말했다.

"어쩐 일로 오신지는 모르겠지만, 일단 앉으시죠."

"그럼 실례 좀 할게요."

최금옥이 소파에 앉아 사무실을 한 번 둘러보는 사이, 재건은 간단히 티백으로 우린 차를 내왔다.

"있는 게 이것뿐이라. 양해 부탁드립니다."

"가끔은 이런 것도 나쁘지 않죠."

별다른 거부감 없이 차를 받아 들어 한 모금 마시는 최금옥.

그 모습을 보며 재건은 생각에 잠겼다.

'무슨 일로 온 거지?'

헌터계 은퇴를 선언하고 좀처럼 밖을 나오지 않는 그녀다.

그런 이가 먼 길을 마다하고 손수 발걸음한 연유가 무엇일까?

'이유가 아예 없진 않은데…….'

최성현의 정신을 망가뜨리고 수하들을 죽인 일.

그도 아니면 최익현의 팔이 잘린 것에 대한 것일 수도 있고.

생각해 보니 따지고 들 만한 일들은 차고 넘쳤다.

그러나 어떤 이유가 됐건 재건은 당당했다.

최성현이야 게이트 내부에 잠입해 뒤통수를 치려는 것을 방어하는 과정에서 벌어진 일이고.

최익현의 팔을 자른 것은 자신이 아닌 황대식의 소행.

자신에겐 하등 문제 삼을 소지가 없었다.

재건이 가만히 있자 그녀가 먼저 말을 꺼내 들었다.

"왜 왔는지 안 물어보는군요."

"생각이 많아서요. 먼저 말씀해 주시길 기다리는 중이었습니다."

"그쪽 나이가 올해로 몇이죠?"

"스물입니다."

그 순간 그녀의 입가에 옅은 미소가 그려졌다.

그리곤 이내 찻잔을 내려놓으며 말했다.

"그래요? 그런데 왜 내 눈에는 30대 초중반으로 보일까?"

일면식 하나 없는 사이에서 던진 말.

그것도 20살의 사내에게 30대 초중반으로 보인다니.

듣기에 따라서는 상대가 아무리 환영의 가주라 할지라도 충분히 무례로 받아들일 수 있을 만한 내용이었다.

하지만 그 대상이 재건이라면 그렇게만 여길 수도 없었다.

'……뭐지? 뭘 알고 말하는 건가?'

그 말에 담긴 저의가 심히 의심스러웠던 것이다.

현재의 자신은 누가 봐도 20대 초반으로밖에 보이지 않는 외모.

그럼에도 회귀 전 나이대를 정확하게 언급하고 있었다.

더군다나 그것이 단순 농담이 아니라는 듯 의미심장한 표정까지 짓고 있으니 가볍게 넘길 수 없었다.

한번 떠볼 필요성이 있었던 재건은 애써 웃음을 지으며 대답했다.

"제가 어디 가서 나이 들어 보인다는 소리는 안 듣는데, 왜 그렇게 보시는지 모르겠군요."

최금옥은 입가의 미소를 지우지 않은 채 말을 이었다.

찰나의 순간이지만 흔들렸던 재건의 눈동자를 놓치지 않은 것이었다.

"그런 뜻이 아니라는 건 본인이 더 잘 알 텐데요?"

"무슨 말씀을 하시는 건지 잘 모르겠군요."

"굳이 숨기실 거 없어요. 자세한 건 몰라도 이미 어느 정도는 알고 온 거니까요."

"……."

잠시간의 침묵이 흐르고.

최금옥을 바라보는 재건의 눈매가 조금은 날카롭게 바뀌었다.

'역시, 그냥 던져 본 말이 아니야.'

이로써 확신할 수 있었다.

그녀가 무언가를 알고 있음이 분명했다.

그렇지 않고서야 난데없이 나타나서 처음부터 이런 말을 꺼낼 리가 없을 테니까.

뒤이어 의문이 꼬리를 물고 이어졌다.

'도대체 어떻게 눈치챈 걸까?'

재건이 회귀했다는 사실을 아는 사람은 이종훈이 유일한 상황.

입이 무거운 그가 다른 사람에게 발설할 리도 없었으니, 다른 누군가가 알지 못하는 게 정상이었다.

그 탓에 무언가 아는 듯한 뉘앙스를 풍기는 최금옥의 모습이 이해가 되지 않았다.

또한 어떻게 대응해야 될지도 쉬이 감이 잡히지 않았다.

그런 그를 바라보는 최금옥은 한없이 여유로웠다.

지극히 차분한 모습으로 조금 전 내온 차를 홀짝일 뿐.

별다른 기색 없이 재건의 답을 기다리고 있었다.

마치 대화의 주도권을 잡았다는 듯이.

'다들 이런 입장이었겠네.'

재건이 씁쓸한 웃음을 삼켰다.

대화를 나누는 두 사람 중 한 사람만이 모든 것을 안다는 것은 이런 의미였다.

회귀라는 엄청난 기연을 안고 있는 재건.

그는 여태 다른 사람들과의 대화에서 이와 같은 방식으로 자신이 원하는 바를 이끌어 냈었다.

한데 본의 아니게 그것을 당하는 입장이 되어 보니 당시 그들의 심정을 이해할 수 있었다.

그렇게 길지 않은 고민 끝에 재건은 결정을 내렸다.

언제까지고 끊어지지 않는 팽팽한 신경전을 유지할 수는 없는 일.

명백한 을의 입장에 놓여 있는 지금, 먼저 대화의 물꼬를 터야 하는 것은 다름 아닌 자신이었다.

"뭘 얼마나 알고 계신 겁니까?"

"저도 얼마만큼이라 확답드리기는 어렵군요. 그저 아는 것을 말할 뿐이고, 대화를 통해 그걸 맞춰 갈 예정이지요."

그녀의 말에 재건이 잠시 눈썹을 꿈틀거렸으나, 이내 짧은 한숨을 내쉬고 대답했다.

"후. 그럼 최 가주께서 생각하고 계시는 게 맞다는 전제하에 다음 이야기를 나눠 보시죠."

완전한 긍정도 그렇다고 부정도 아닌 대답.

하지만 그녀는 그것만으로 충분하다는 듯 미소 지었다.

"좋아요. 재건 님은 먼저 패를 깔 수밖에 없는 흐름이 마음에 들지 않으시겠죠. 그래서 저도 제가 가진 패를 하나 까려고 합니다. 혹시 제 특성이 뭘지 아십니까??"

"아무리 밖에 나오시는 일이 없다고는 하지만 한 가문을 이끄는 가주의 특성을 모를까요. '무당'이시지 않습니까?"

"그렇지요. 하나 제 특성은 그렇게 간단하지 않습니다. 불사파파(佛師婆婆)께서 저와 함께하시지요."

재건은 가만히 고개를 끄덕였다.

이와 관련된 생각을 해 봤기에 그리 놀라울 것도 없었다.

특성이 무당이니만큼 어떤 신을 모시고 있을 거라 예상했으니까.

게다가 당장 공략대에만 특성으로 신의 이명을 가진 이가 두 명이나 있으니 충분히 예상 범위 내였다.

그러나 뒤이어 들려온 최금옥의 음성은 전처럼 간단히 치부할 수 없었다.

"파파께서 저에게 말씀하시길 온 세상이 검은 그림자로 뒤덮일 날이 얼마 남지 않았다고 하시더군요. 저는 그것이 이번 사태와 연관이 있다고 보고 있어요."

"......!"

재건의 표정에 놀라움이 번져 갔다.

최금옥이 말하는 이번 사태란 균열을 말하는 것일 터.

거기다 검은 그림자로 뒤덮인다는 건 재건이 왕의 시련에서 마주한, 몬스터가 세상을 덮치는 미래를 의미하는 것이었다.

자신과 같은 미래를 보고, 그것에 확신을 품고 있는 자가 또 있었다니.

재건은 놀란 표정을 지울 생각도 못 한 채 말했다.

"그, 그게 정확히 언제인지 아시는 겁니까?"

"역시 재건 님도 그날을 알고 계시는군요. 안타깝지만 저도 정확한 날까지는 모릅니다. 파파께서 보시는 미래가 계속해서 바뀌고 있다고 하셨습니다."

"미래가 바뀌고 있다⋯⋯."

재건이 아쉬운 음성을 토해 냈다.

어쩌면 새로운 실마리를 발견하게 되지 않을까 기대감을 품었던 것.

미래가 불확실한 것은 자신 때문일 것이었다.

과거와는 다른 행보로 인과율이 비틀리고 그에 대한 페널티로 보이지 않는 시간이 앞당겨지고 있으니.

옅은 그늘이 드리운 얼굴에 최금옥은 고개를 저으며 말했다.

"저 같은 사람들도 미래를 확실하게 볼 수는 없습니다. 불확실한 장면의 연속은 원래 예정된 미래와는 다른 결과를 이

끌어 내지요. 다만, 그리 낙담하실 필요는 없습니다. 파파께서 이렇게 말씀하셨으니까요. 재건 님은 그것이 옳은 방향으로 나아갈 수 있게 만들 수 있는 유일한 사람이라고."

"어디까지 보고 계시는 겁니까?"

"제가 앞으로 더 많은 것을 보게 될지, 이대로 멈출지는 모두 파파의 뜻에 달렸습니다."

재건은 그녀와 눈을 마주쳤다.

한 치의 흔들림도 없는 눈동자.

그로 보건대 지금의 말이 거짓 하나 섞이지 않은 진실임에 분명했다.

하지만 재건은 순순히 받아들이지 않았다.

작금의 상황을 의심하고 또 의심했다.

엄국진은 최고 명문가였던 금강을 제 손 위에 올려놓고 장난감처럼 좌지우지하던 인물.

현재 환영 또한 그의 손에서 놀아나고 있지 않으리라는 보장이 없었다.

그럴듯한 정보를 흘리며 다른 방향으로 자신을 돌리려는 수작일 수도 있다는 생각이 든 것이었다.

"그 말씀을 하러 여기까지 오신 건 아니겠죠?"

"예, 긴히 드리고 싶은 말이 한 가지 더 있지요."

직후 그녀가 이곳에 와서 처음으로 망설이는 모습을 보였다.

쉽사리 떨어지지 않는다는 듯 떨리는 입술.

제 손을 어루만지며 초조해했다.

그러자 최익현이 말없이 그녀의 손을 잡았다.

잠시간의 침묵이 흐르고.

그녀는 조심스럽게 입을 열었다.

"제 남편이…… 살아 있습니다."

"……네?"

그리 놀랄 것도 없는 발언.

하지만 그 발언이 최금옥의 입에서 나왔다면 상황이 달랐다.

최금옥의 남편, 우병호.

명문가의 핏줄이 아닌 평범한 집안에서 태어나 S급 헌터까지 올라갈 만큼 뛰어난 자질의 소유자.

검성이라 불릴 만큼 검에 관해서는 전 세계를 뒤져도 따라올 사람이 없었고.

많은 마나를 소모하지 않고도 손쉽게 레이드를 하기로 유명했었다.

이를 높이 산 환영은 당시 미혼이었던 최금옥과 혼인시키기에 이르렀고.

덕분에 당시 환영의 위세가 금강과 필적할 정도였다고 하니, 그에 대한 국민들의 신뢰도가 얼마나 높은지 알 수 있었다.

하지만 그 위명은 오래가지 못했다.

재건이 헌터계에 발을 딛기도 전.

S급 게이트에서 보스 몬스터를 상대하던 우병호가 놈에게

갈가리 찢겨 버렸기 때문이었다.

이를 목도한 이들이 많았기 때문에 그의 죽음은 기정사실화된 지 오래.

한데 그런 그가 살아 있다니?

영문을 알 수 없는 소리에 재건의 미간이 구겨졌다.

"지금 무슨 말씀을 하시는 겁니까?"

최금옥이 대답을 힘겨워하는 모습에 최익현이 이를 갈았다.

빠득-

그리고 재건을 쳐다보며 그녀를 대신했다.

"황진욱이 우리 가문에 찾아왔었다. 지금까지 있었던 일에 고개를 숙이며 사과하고 한 가지 이야기를 덧붙이더군. 아버지…… 아니, 이제 내 아버지인지 아닌지도 모르겠는 그분이 살아 계시다고."

"황진욱이? 자세히 말해 봐."

"며칠 전 인천 하늘에 구멍이 뚫린 날. 로브를 쓴 무리가 몬스터를 이끌었고, 그곳에 엄국진이 있었다는 건 너 역시 들어 알고 있겠지. 한데 그들 가운데 한 명과 검을 겨룬 황진욱이 그분을 봤다더군."

"……그러니까 네 말은 로브들 중 한 명이 우병호 헌터였다는 말인가?"

"그렇다……."

환영의 일원들과 함께하는 레이드에서 죽었다던 그가 돌

연 정체불명의 집단에 속해서 나타나다니?

도저히 믿을 수 없는 이야기였다.

물론 부활의 산증인인 본인이 존재하긴 하지만, 그 또한 아티팩트의 힘이다.

그 아티팩트는 자신이 들고 있으니 이를 통해 되살아나는 건 불가능한 일.

좀체 이해할 수 없는 이야기의 연속에 머릿속이 어지러워졌다.

이럴 때는 하나씩 차근차근 진실을 확인해야 하는 법.

먼저 황진욱의 입에서 그런 이야기가 나왔다면, 그에게 진실을 들으면 되는 것이었다.

휴대 전화를 꺼내 든 재건은 곧바로 황진욱에게 전화를 걸었다.

몇 번의 신호음이 울리고 전화가 연결되며 낮은 음성이 흘러나왔다.

……네가 먼저 전화를 걸 줄은 몰랐구나.

"하나 확인하고 싶은 게 있어서요."

-말하거라.

"우병호 헌터를 봤다는 거. 사실입니까?"

수화기 너머로 그가 멈칫하는 게 느껴졌다.

그런 그가 여러 가지 감정이 묻어 나오는 목소리를 냈다.

-사실이다. 그와 많은 합을 맞췄었기에 몰라볼 수가 없었

다. 젊었을 적의 모습이라는 게 의아하긴 했다만.

"젊었을 적? 외모가 비슷한 사람을 착각한 거 아닙니까?"

-나도 그러길 바랐지. 하지만 그임을 부정할 수 없는 게 사실이다. 마지막에 홍한수 가주를 찌른 검술…… 그것은 분명 우병호 그자가 즐겨 쓰던 흐름 제어식이었다.

이렇게까지 말하면 아니라고 할 수도 없었다.

함께한 경험이 있는 이가 확신을 품고 있고, 굳이 거짓을 말하면서 얻어 갈 이득 또한 없었으니까.

"후…… 알겠습니다. 나중에 다시 얘기하시죠."

-그러자꾸나.

깊은 인상을 쓰며 전화를 끊은 재건이 최금옥을 바라봤다.

"사실이군요. 그런데 제게 와서 이런 이야기를 하시는 저의가 뭡니까?"

"그이가 죽던 날. 파파께서는 한 가지 힘을 잃으셨다고 하셨죠. 영원불멸의 힘인 불사대신(不死大神)입니다. 그때는 남편을 잃은 충격 탓에 그것에까지 신경 쓸 겨를이 없었지만…… 지금에 와 생각해 보니, 그 힘이 그이에게 간 게 아닐까 합니다."

"그게 무슨……."

영원불멸의 힘.

신이라면 비단 가지고 있을 법한 힘이었다.

한데 그것이 다른 이에게 옮겨 간다니?

그런 일이 가당키나 한가?

갖은 생각에 재건의 인상이 펴질 새가 없었고, 그녀는 떨리는 목소리로 말을 이었다.

"파파께서 당신을 도우라고 하셨습니다. 하지만 저는 당장 전장에 나서기에 너무 노쇠해졌죠. 그래서 저를 대신해 익현이를 보내려 합니다. 부디 이 아이가 당신을 도울 수 있도록 허락해 주시길 간청드립니다."

"내 한쪽 팔이 이렇게 되었다고는 하나 너도 알다시피 내게 이런 것은 큰 걸림돌이 되지 않는다."

이어서 자신의 의지를 표하는 최익현.

재건은 그와 시선을 맞추며 말했다.

"내가 널 어떻게 믿지? 마지막에 나를 도왔다고는 하지만, 사람의 본성은 그리 쉽게 변하지 않거든. 넌 언제든지 배신할 수 있는 놈이야. 엄국진의 꾀에 넘어가 그쪽에 붙을지도 모르지."

최익현은 헛웃음을 흘리며 대답했다.

"그래, 네 말대로다. 난 나를 잘 알아. 절대 넘을 수 없는 벽을 마주하는 순간, 그것에 너무도 쉽게 굴복하지."

그의 입가에 머금어진 웃음이 더없이 씁쓸해 보였다.

아마도 지금까지 전전했던 비루한 삶을 떠올린 것일지도 몰랐다.

그러나 이내 표정을 갈무리한 그가 확신에 찬 음성을 내뱉었다.

"그렇기 때문에 자신할 수 있다. 아니 확신하지. 단연코 너를 배신할 일은 없다. 너와 함께하는 그 괴물…… 놈은 내게 넘을 수 없는 벽이다. 그 힘이 또다시 내게 향하는 건 너무 두렵거든."

최익현이 누구를 괴물이라 칭하는 것인지는 금방 알아차릴 수 있었다.

그가 말하는 괴물은 다름 아닌 초롱이.

그 작고 사랑스러운 아이가 누군가에게는 괴물로 치부될 수 있다는 사실을 깨닫는 순간이었다.

"좋다. 우리와 함께하는 것을 허락하지. 단, 내 명을 어기고 단독 행동을 하면 바로 퇴출이야."

"명에 따라 움직이는 것은 이미 익숙한 몸이다. 걱정할 것 없다."

오랜 세월 금강에서 3장로 직책을 맡으며 익숙해질 대로 익숙해진 그.

재건 또한 그 사실을 잘 알고 있었다.

"그럼 넌 지금 당장 러시아로 가라. 가서 우리 삼촌한테 네 지난 잘못을 진심으로 사과해. 그리고 삼촌이 그것을 받아 주면, 그들과 함께 지내고 있어."

"그렇게 하지."

독일 하멜른.

변고에 따라 한국에 갔다가 먼저 돌아와 있던 박현제와 김선호는 모든 일을 끝마치고 온 홍이슬을 조심스럽게 맞이했다.

"괜찮아요?"

"조금 더 쉬다 오시지. 여긴 우리 둘이 맡아도 되는데."

홍이슬은 밝게 웃으며 대답했다.

"두 분이 걱정돼서 가만히 있을 수가 있나요? 저같이 유능한 원거리 딜러가 떡하니 버티고 있어야 안심이 되죠."

해맑게 웃어 보이는 그녀의 모습에 두 사람은 씁쓸한 표정을 지을 수밖에 없었다.

깊은 상처를 안은 지 얼마 지나지도 않았건만.

자신 때문에 분위기가 가라앉을까 애써 밝은 모습을 보여주려 노력하는 모습이 안쓰러웠던 것.

그녀의 노력이 무색해지지 않으려면 자신들 또한 내색해선 안 됐다.

그런 두 사람의 생각을 읽은 홍이슬이 빠르게 화제를 전환했다.

"그나저나 저긴 어떻게 들어갈지 생각해 봤어요?"

박현제가 그 뜻에 맞춰 주겠다는 듯 자연스럽게 응했다.

"뭐, 어떻게 들어갈지 말지 고민할 필요도 없더라고요."

"예? 그냥 들어가게요? 독일 헌터 협회에서 가만히 안 있을 텐데요?"

"아니요. 재건 님이 그러시던데요? 앞으로 하루만 기다리고 있으라고. 그럼 알아서 들어가게 해 줄 거라고."

박현제의 시선이 머무는 피리 부는 사나이 하우스 위쪽.

그곳에는 커다란 게이트가 생성되어 있었다.

그것도 단일 색이 아닌 휘황찬란한 무지갯빛을 띠고 있는 게이트가.

테마 게이트였다.

Chapter 71. 피리 부는 사나이

등받이 하나 없는 허름한 의자에 앉아, 창문틀에 턱을 괴고 있는 사내.

박현제가 창밖을 내려다보며 입이 찢어질까 걱정이 될 만큼 큰 하품을 연신 해 댔다.

"내가 이래도 되나 싶을 정도로 고요하단 말이지. 늘어진다 늘어져~ 하아아암~."

기지개를 켜며 애써 나른한 몸을 깨워 보지만 그도 일시적일 뿐.

얼마 지나지 않아 찌뿌둥한 느낌이 전신을 감돌았다.

그도 그럴 것이 한시도 제대로 쉬어 본 적 없었던 게 공략대의 나날들.

하루에 레이드 몇 탕을 뛰는 것은 기본이요, 휴가라며 찾아간 곳에선 혹한의 추위 속에서 1년을 견뎌 내야 하는 강행군이 이어졌다.

반면 하멜른에 온 뒤로는 지극히 고요함의 연속.

정점에 다다라 있던 전투 감각이 노곤한 일상에 잠식당하고 있었던 것이다.

그 탓에 먼지 낀 유리창 너머로 강렬한 햇볕이 얼굴을 내리쬐고 있지만, 멍하니 창밖을 내다볼 뿐 별다른 반응이 없었다.

커피 한 잔을 내려 온 김선호가 그의 옆에 의자를 끌어당겨 앉으며 말을 붙였다.

"그러다 얼굴 다 타겠다."

"원래 하얀 피부도 아니라서 괜찮아요."

"그렇게 타면 까매지는 게 문제가 아니라, 피부가 안 좋아지니까 그렇지. 너도 장가는 가야 할 거 아냐?"

박현제는 그에게 시선을 옮기며 실눈을 떴다.

"그 반질반질한 피부의 비결이 그런 관리에서 나오는 거였습니까? 본업이 의사라 그런가, 관리가 철저하신 분이었네!"

"그런 게 아니고 다 습관이야 습관. 우리 공주님께서 남자는 피부가 생명이라고, 하루가 멀다 하고 강조하신다."

귀찮다는 듯 말하면서 커피를 마시는 그의 입가엔 어느새 미소가 걸려 있었다.

딸에 관한 생각만 해도 행복한 것이었다.

이전이었다면 절대로 느끼지 못했을 감정.

틈만 나면 딸을 모습을 되새기는 데 여념이 없는 것도 어쩌면 암울했던 그때를 보상받고 싶다는 것에서 기인했을지도 몰랐다.

"참 다행이지. 그분의 도움을 받게 됐다는 게. 그럼에도 갚을 길이 없다는 게 서글프기도 하고."

그 말에 박현제가 묵묵히 고개를 끄덕이며 동조의 뜻을 내비쳤다.

협회조차 치료하지 못해 쩔쩔매던 병이다.

그것도 불치에 가까워 깨어나게 만들 방도가 전무하던 병.

이를 단번에 해결해 준 이가 재건이었으니 김선호의 심정이 오죽할까.

돈으로도, 힘으로도 보상을 해 줄 수 없으니 답답할 수밖에.

'뭐 그건 나 역시 마찬가지지.'

어쩌면 처리국에 매여 험난한 레이드를 전전하다 이전의 동료들과 함께 생을 마감했을지도 몰랐다.

그런 자신을 품어 주고 성장시켜 준 것으로도 모자라, 아버지까지 한 단계 올라서는 데 일조하기까지 했으니.

재건을 바라보는 박현제의 시선은 김선호 못지않았다.

은인을 넘어 존경의 대상으로 마음속에 자리 잡았기 때문.

그것은 지금도 현재 진행형이었다.

김선호를 따라 슬며시 미소를 머금던 박현제가 한편에 누워 새우잠을 자고 있는 홍이슬을 바라봤다.

"우리 월가 공주님은 많이 피곤하셨나 보네요."

"그럴 만도 하지. 육체적으로도 그렇겠지만, 사람이 한 번에 그렇게 많은 감정을 소모한다는 건 정말 고된 일이니까. 아무런 꿈도 꾸지 않으면 좋으련만."

"그러게요……."

두 사람의 대화에서 씁쓸한 감정이 묻어 나온다.

단순한 동정이 아닌, 그녀를 위하는 진심에서 비롯된 마음이었다.

행복을 손에 쥔 두 사람과 달리, 어린 나이에 부모를 여의었다는 게 안쓰러웠던 것이다.

성장을 거듭해 뛰어난 헌터로서의 역량을 선보여 주기도 전에 떠나보냈으니까.

게다가 생에 그토록 바랐을 홍유나와의 화목한 모습도 보여 주지 못했으니 그것이 가슴속 깊이 상처로 자리 잡았을 터.

당장 휴식기를 가져도 이상할 게 없는 충격일 것이다.

그럼에도 애써 당찬 모습을 내비치며 제 역할을 수행하고 있으니, 부디 자는 순간만큼은 아무런 생각도 하지 않고 모든 걸 내려놓길 바랐다.

그런 그녀를 뒤로한 채 두 사람이 고개를 돌려 창밖 너머를 응시했다.

이내 두 사람의 시선을 사로잡는 하나의 존재.

휘황찬란한 무지갯빛으로 일렁이는 거대 게이트였다.

돈도 벌 만큼 번 이들이 궁상맞게 이런 노후화된 게스트 하우스에 자리 잡은 이유도 바로 저것 때문이었다.

다른 사람의 눈에 띄지 않으면서도, 동태를 파악하기에 이만한 장소가 없었으니까.

이내 두 사람의 시야엔 게이트 주위에 운집한 수많은 헌터들의 모습이 잡혔다.

"진짜 사람이 바글바글하네요. 저번에 한국에서 우리가 들어갔을 때도 엄청 많다고 생각했는데 그때랑 비교가 안 되는 거 같은데요?"

"알아보니까 독일에 테마 게이트가 나타난 게 근 40년 만이라더라. 너도 알잖아? 테마 게이트는 보상이 짭짤하다는 거. 서로 클리어하겠다고 각지에서 몰려드는 거지."

"하긴 우리도 10년 넘게 안 나왔다가 나온 거였죠?"

"그랬지."

"저렇게 모일 만하네요."

특정 조건을 달성해야 클리어되는 테마 게이트.

그만큼 하늘의 별을 따는 것만큼 높은 난이도를 자랑하기도 했다.

반면 클리어만 한다면 타 게이트와는 비교를 불허하는 보상을 얻을 수 있었으니, 헌터들이 저렇게 열을 올리는 것도 이해되지 않는 것은 아니었다.

'다만 그 목적을 시일 내에 이룰 수 없다는 것이 문제겠지.'

박현제가 테마 게이트 앞에서 장사진을 이루고 있는 헌터들을 바라보며 씁쓸해했다.

그도 그럴 게, 테마 게이트를 첫 시도에 클리어하는 경우는 전무했다.

물론 무적 공략대의 예를 제외하고.

대부분 무던히 많은 노력과 끈기를 필요로 했고, 그것을 넘어서는 시간을 들여야지만 하나둘씩 클리어 조건을 밝혀낼 수 있었다.

이후 조건들을 충족하며 단계를 밟아 나가야 하기 때문에 테마 게이트의 전 세계 평균 클리어 시간은 8개월 남짓.

그것도 중국의 패왕 길드나 미국의 제우스, 그리고 유래 없이 단번에 클리어한 무적 공략대 덕분에 크게 단축된 수치였다.

이들의 업적을 제외하면 평균은 1년 이상으로 급격하게 올라간다.

이 말인즉, 지금 눈앞에 있는 게이트도 대강 1년 뒤에나 클리어될 거라는 이야기였다.

"다시 한 번 느끼지만 진짜 대단하긴 하네요. 저런 곳을 한 번만에 클리어했다는 것도 그렇고, 이렇게 게이트가 생성될 장소랑 시간을 매번 정확히 맞추는 것도 그렇고."

"그건 그래. 분명 쉽지 않은 일일 텐데."

정말이지 생각할수록 신기한 사람이었다.

모든 정황을 꿰뚫어 보는 듯한 통찰력으로도 모자라 미래를 내다보는 예지력까지.

게다가 그 압도적인 무력은 또 어떤가?

당장 혼자서 세계 최강이라는 제니스 길드 정예와 맞붙어도 손색이 없을 것이다.

'손색 자체가 아니지.'

보는 것만으로도 온몸이 굳어 버리게 만드는 성룡 릴리스를 앞에 두고도 전혀 굴하지 않는 기상천외한 존재.

그 점을 감안한다면 이 세상의 헌터 중 그의 힘에 빗댈 수 있을 이는 없다고 보는 게 맞았다.

그렇기에 참으로 다행이었다.

재건이 적이 아니고, 악인도 아니라는 게.

만일 그의 성정이 악에 가까웠다면 세상은 이미 파멸의 길로 접어들었을 게 분명했다.

바르르.

그렇게 생각하자 소름이 끼쳐 왔다.

'어휴…… 시킨 일이나 제대로 해야지.'

그를 악인으로 만들지 않기 위해서는 시킨 일을 잘 해내야만 했다.

잡념을 갈무리한 박현제는 옆에 놓인 휴대 전화를 쳐다봤다.

게이트가 생성되고 10시간이 지났다.

이미 많은 수가 게이트 안으로 진입했음에도 그를 뛰어넘는 수의 헌터들이 독일 헌터 협회의 통제에 따르며 대기 중이었다.

게다가 하루빨리 클리어 조건에 대한 단서를 마련하기 위함인지 협회는 먼저 들어간 헌터들이 나오지 않았음에도 일정 시간이 지나면 다음 팀을 밀어 넣고 있었다.

보고 있으면서도 의문이 드는 방식.

아마도 하루 만에 테마 게이트를 클리어한 무적 공략대를 의식해 무리하는 것일지도 몰랐다.

그곳을 응시하던 김선호가 눈을 빛내며 말했다.

"또 한 팀 들어가네. 이걸로 열 팀째인가?"

"예, 인원수로 따지면 100명째네요. 도대체 내부가 어떻게 생겨 먹었길래 계속 밀어 넣나 모르겠어요."

"독일의 협회가 무능하다더니, 사실인가 보네. 나오는 헌터는 없고, 들어가는 헌터만 있다는 건 내부 상황을 전혀 파악하지 못하고 있다는 뜻이니까."

"어쩌면 재건 님이 말씀하신 것보다 우리 차례가 빨리 올지도 모르겠어요."

김선호는 고개를 끄덕이는 것으로 대답했다.

사실 재건은 하루 동안 느긋하게 쉬면서 기다리라고 했지만, 게이트를 예의주시하고 있는 것은 순전히 박현제와 김선호의 의지였다.

타국에서 재건 없이 테마 게이트에 들어간다는 건 그들로서도 떨리는 일이었으니까.

그러던 그 순간.

구우우웅-

"……!"

두 사람은 동시에 창문을 열어젖히고 게이트를 쳐다봤다.

일순 게이트가 꿈틀거리며 엄청난 마나 파장을 일으킨 것이었다.

하우스 앞에 모여 있던 헌터들도 그것을 느낀 것인지 당황한 기색을 감추지 못한 채 우왕좌왕하며 갈피를 잡지 못하고 있었다.

처리국에서 오랜 세월 일했던 박현제는 조금 전 일어난 파장이 게이트 붕괴를 의미하는 파장이라는 것을 직감했지만, 스스로 그건 말이 되지 않는다고 생각했다.

"……테마 게이트가 붕괴될 리가 없지."

테마 게이트는 극악의 난이도를 자랑하는 대신, 클리어될 때까지 붕괴된 전례가 없다.

그만큼 빨리 클리어했기 때문이 아니라 애초에 붕괴가 되지 않는 곳이기 때문이었다.

그를 반증하듯 붕괴 징조를 보이던 테마 게이트는 전혀 탈

색되지 않고 여전히 휘황찬란한 색을 띠고 있었다.

그런데.

저벅.

"어? 누가 나온다."

"처음 들어간 인원들인가?"

게이트 밖으로 빼꼼히 모습을 드러내는 발 하나.

처음으로 누군가 밖으로 나오고 있었다.

대기하고 있던 헌터들은 선발대에게서 조금의 단서라도 얻을 수 있을까 서로를 밀치기 바빴다.

그런데.

발의 주인이 완전히 모습을 드러내는 순간.

일대는 경악에 빠졌다.

"……저, 저게 뭐야."

"사람이야? 아니지? 몬스터지?!"

그곳에서 모습을 드러낸 건 헌터용 슈트를 입지 않은 정체 불명의 사내.

그는 방울이 달린 뾰쪽한 구두를 신고 검은 망토를 둘렀으 며 꼬불거리는 금발을 가지고 있었다.

중요한 것은 먼저 들어간 사람 중에 저런 차림새를 한 사 람은 그 누구도 없었다는 것.

헌터들은 저마다의 컨택트를 앞으로 내세우며 긴장의 끈 을 놓치지 않았다.

채채채챙-!

그 순간 정체불명의 사내의 입이 벌어졌고.

"미친!"

"몬스터가 맞았어!"

헌터들의 낯빛이 빠르게 어두워진 것도 동시였다.

사람의 것이라 생각할 수 없을 정도로 크고 기괴하게 찢어지는 입.

거대하게 벌려진 입에서는 검은 피리가 튀어나왔다.

뼈밖에 없어 보이는 가느다란 팔이 그것을 붙잡는 모습에, 가장 지근거리에 있던 협회 소속 헌터가 빠르게 판단을 내렸다.

팟-!

땅을 박차며 높이 도약한 것과 동시에 벼락같이 휘둘러지는 일검.

하지만 그의 검은 놈에게 닿지 못했다.

채애앵!!

기세와는 다르게 투명한 실드에 가로막혀 허무하게 튕겨져 나왔고.

기회를 살리지 못했을 땐 반드시 위기가 찾아오는 법.

공중에서 몸을 가누지 못한 헌터가 다시 지면으로 떨어지려 할 때, 놈의 팔이 그의 손목을 붙잡았다.

정체불명의 사내는 흰자위 하나 없는 검은 눈동자로 내려다보며 말했다.

[나는 이 마을의 쥐를 없애 주러 온 건데, 고마워하지는 못할망정 왜 나에게 검을 휘두르는 것이오?]

"……!"

놈의 입에서 나오는 말.

그것이 명백한 독일어라는 점 외에도 놀랄 만한 이유는 하나 더 있었다.

저 말이 의미하는 바는 독일의 헌터들에게 너무도 익숙한 내용.

두 발을 딛고 서 있는 이곳 피리 부는 사나이 하우스의 기원이 된 이야기.

그 이야기 속 주인공이자 피리를 불어 마을의 쥐를 모두 없애 준다던 사나이의 대사였다.

이게 무슨 뚱딴지같은 상황인지 의아하다는 표정을 짓는 사이.

험악한 표정이 된 놈이 헌터의 팔을 향해 피리를 휘둘렀다.

촤악-!

"크아아악!!"

뭉툭한 피리로 만들어 낸 것이라고는 믿기지 않는 결과.

붙잡힌 팔이 잘려 나가며 하우스 위쪽에서 대롱대롱 매달려 있던 헌터가 지면으로 낙하했다.

그런 모습을 빤히 쳐다보고 있던 놈은 절단된 부위를 던져 버리며 말했다.

[좋은 뜻으로 돕고자 이곳에 온 나를 먼저 공격한 것은 그대들! 그대들의 괘씸한 마음이 나를 이렇게 만든 것이오!]

그리고는 입으로 피리를 가져갔다.

입에 문 피리가 괴상한 소리를 만들어 내고.

그와 동시에 헌터들이 컨택트를 바닥에 떨구며 귀를 막았다.

"끄어억."

"그, 그만!!"

그럼에도 다 가릴 순 없었는지 고통에 찬 비명을 내지르는 헌터들의 모습.

테마 게이트 주변이 순식간에 아수라장으로 변모했다.

그것을 창 너머로 지켜보고 있던 박현제와 김선호가 동시에 서로를 쳐다봤다.

"저거 맞겠죠?"

"그런 것 같아."

재건은 정확한 시간은 알 수 없지만, 이와 같은 일이 벌어질 거라고 했었다.

'피리 소리가 울렸을 때, 한바탕 소란이 일 거야. 그때 나서지 말고 기다렸다가 뒤늦게 나타나면 돼.'

그게 정확히 무슨 말인지는 알 수 없었지만, 대강 유추는 하고 있었다.

이곳이 피리 부는 사나이 하우스라는 것.

그리고 저곳이 테마 게이트라는 것을 미루어 볼 때.

그와 관련된 일이 벌어질 거라는 것 정도.

이제 그가 말했던 일이 벌어졌으니 나설 타이밍만 보면 되는 것이었다.

"그럼 이슬 씨를 먼저…… 으악! 깜짝이야!"

곤히 잠들어 있던 홍이슬을 깨우기 위해 고개를 돌렸던 박현제는 바로 뒤에 서 있는 그녀를 보고 화들짝 놀라며 뒤로 물러났다.

하마터면 창문 밖으로 떨어질 뻔한 상황.

그 모습에 홍이슬은 피식 웃어 보였다.

"저 깨우려고 그러신 거죠? 저는 준비됐어요."

박현제는 놀란 심장을 추스르며 말했다.

"호의를 원수로 갚기예요? 일어났으면 일어났다고 말이라도 하시지. 왜 사람을 놀래키고 그래요?"

"S급 헌터가 인기척도 못 느낀 게 이상한 거 아니에요?"

"그야…… 그만큼 집중하고 있었으니까 그런 거죠."

나름 변명이라고 꺼내긴 했으나, 말을 내뱉은 박현제로서도 말이 안 되긴 했다.

아무리 집중했다 해도 S급 헌터나 되는 인물이 보일 수 없는 행동이었으니까 말이다.

아무래도 요 며칠간의 나태함에 길들여진 탓이리라.

그렇게 생각하며 인상을 찌푸리는 박현제였고.

이를 바라보던 홍이슬이 창밖을 내다보며 말했다.

"그리고 원수가 아니라 배로 돌려 드린 건데? 제가 성질변이를 사용한 게 아니면 우리도 지금 저 사람들처럼 돼 있을걸요? 저렇게 되도록 내버려 둘 걸 그랬나?"

끔찍한 소리.

박현제가 황급히 고개를 가로저었다.

게이트 주변은 정말이지 난리도 아니었다.

귀에서 피를 철철 흘리고 있는 것은 물론이거니와, 급기야 무언가에 홀린 듯 자리에서 일어나서 하우스 안으로 걸음을 옮기고 있었다.

피리 부는 사나이의 전설.

피리 소리로 쥐와 어린아이들을 꾀어냈다는 그것이 현실에서 나타나고 있는 것이었다.

이내 하우스 내 계단을 타고 위에 나타난 사람들이 하나둘씩 게이트 안으로 들어갔다.

홍이슬은 그곳에서 시선을 떼지 않은 채 말했다.

"재건 님이 언제 나서라고 했죠?"

"뒤늦게 나서라고 했으니까, 아마 저 사람들이 게이트 안으로 들어가고 협회에서 다른 지령이 떨어지고 난 뒤겠죠?"

그러자 그녀는 무언가 결심한 표정으로 고개를 저었다.

근방에 있던 헌터들이 모조리 게이트 안으로 사라진 지금.

마지막으로 피리 부는 사나이로 보이는 놈이 게이트 안으로 발을 딛는 순간.

홍이슬은 그들을 향해 말했다.

"아니에요. 제가 봤을 때는 사람들이 다 사라진 지금이에요! 뛰어요!"

말릴 새도 없이 창밖으로 뛰어내리는 그녀.

김선호와 박현제는 '에이씨'를 외치고 그녀의 뒤를 따라 뛰어내렸다.

그리고 세 사람이 게이트 안으로 들어서는 순간.

그들을 향해 거대한 쥐가 앞발을 휘둘러 왔다.

"나와!"

이곳에서 엄연히 탱커 역할을 맡고 있던 김선호는 두 사람을 끌어당기고는 놈의 발을 향해 제 몸을 내밀었고.

두 눈을 감으며 뒤이어 찾아올 쾌락을 맞이할 준비를 했다.

게이트에 들어서기 무섭게 휘둘러지는 앞발.

그 주인은 영락없는 쥐의 형상을 한 몬스터였다.

문제는 일반적인 쥐와 다르게 사람 정도는 우습게 씹어 먹을 만큼 비상식적으로 거대하다는 것.

여타 헌터들이었다면 당황했을 법하지만, 놈의 눈앞에 있는 이들은 다름 아닌 무적 공략대의 일원들.

순식간에 박현제와 홍이슬을 끌어당긴 김선호가 두 사람을 대신해 전면에 나섰다.

근래 며칠을 쉬었다고는 하나 날카롭게 벼려진 감각은 어디 가지 않았던 것이다.

더군다나 짧은 시간에 갖은 훈련과 많은 레이드를 거치며 남들이 이룩하지 못할 성과를 달성한 김선호였으니.

여타의 헌터에게는 치명적으로 인식될 수밖에 없을 공격이 더없이 느리게만 느껴질 뿐이었다.

원한다면 얼마든지 회피할 수 있는 그림이었던 것.

그의 무심한 눈길이 놈과 앞발 이곳저곳을 훑고 지나갔다.

도드라져 보이는 싯누런 앞니.

누르면 뽀잉! 소리가 날 법한 핑크 젤리.

그리고 바위마저 두부처럼 베어 버릴 것같이 날카롭게 벼려진 발톱에 시선이 닿았을 때.

무심했던 이전과 달리 김선호의 두 눈에 이채가 어렸다.

찰나라 여겨질 만큼 짧은 순간, 김선호의 사고가 빠르게 회전한다.

그렇게 내려진 결론은.

'저거다!'

이 순간 필요한 것은 저것 말고는 없었다.

뒤이어 미동조차 보이지 않는 김선호의 신형.

누군가 접착제라도 발라 놓은 듯 그의 발은 떨어질 기미도 보이지 않았다.

아니, 오히려 발톱의 힘이 가장 강력할 낙하지점에 몸을 들이밀고 있었다.

그러면서 곧 다가올 쾌락(?)을 만끽하겠다는 듯 살포시 눈을 감았다.

한데.

끼이익-

"……?"

발이 휘둘러지며 만들어진 풍압.

그것이 피부로 느껴지고, 목 아래에서 소리가 들렸음에도 기대했던 어떤 쾌락도 찾아오지 않았다.

느낄 수 있었던 것은 미세한 압력 정도?

혹여 뭔가 잘못된 것일지 모른다는 생각에 재차 날아드는 앞발에 몸을 맡겼으나.

끼이익-

결과는 매한가지.

조금의 쾌락(?)도 주지 못한 채, 발톱은 스쳐 지나가 버릴 뿐이었다.

"……이게 뭐야."

기대에 못 미치는, 아니 허망한 결말에 김선호가 고개를 숙였다.

가슴팍에 보이는 흐릿한 스크래치.

마치 휴대 전화 액정에 난 잔기스 같은 그것은 크기를 유추했을 때, 거대 쥐의 발톱으로 인해 생겨난 것임에 분명했다.

그렇다는 건 정확히 자신이 원하는 지점에 낙하했다는 것.

원하던 바를 이루지 못한 것은 다른 이유 때문이라는 말이기도 했다.

김선호는 그 이유를 바로 알아챌 수 있었다.

또다시 짓쳐 든 발톱이 여지없이 자그마한 스크래치만 남기며 튕겨져 나갔던 것.

이내 상황을 파악한 김선호가 인상을 찌푸리며 괴성을 내질렀다.

"으아아아!!"

이게 얼마 만에 찾아온 즐거움인데!

분노가 잔뜩 어린 김선호의 시선이 제 몸을 두르고 있는 슈트로 향했다.

이 모든 원인이 바로 슈트 때문이었다.

제작 과정에서 다른 물질이 첨가되었다곤 하나 드래곤 비늘이 높은 함유량을 자랑하는 슈트.

자연히 웬만한 몬스터들의 공격을 정통으로 맞아도 뚫리지 않는 극강의 방어력을 자랑할 것이었다.

하물며 이름도 모르고 성도 모르는 어중간한 몬스터 따위의 공격쯤이야.

마치 어린아이가 쥔 송곳이 철판을 긁은 격이랄까?

"젠장!!"

김선호의 울분 가득한 음성이 울려 퍼졌다.

한순간에 그것을 앗아 가 버린 슈트에 혐오감이 무럭무럭 자라난 것.

사람도, 동물도 그렇다고 몬스터도 아닌 한낱 방어구를 이 토록 증오하게 될 줄은 꿈에도 몰랐던 그였다.

노여움에 그의 얼굴이 붉으락푸르락해진 사이.

그의 감정은 조금도 이해하지 못하는 두 사람이 거대 쥐를 향해 움직였다.

몬스터의 힘이 생각 이상으로 강한 탓에 김선호가 감당하지 못하고 고통을 느끼는 것이라 여긴 것이다.

-염동력(念動力)!

홍이슬의 지팡이에서 쏟아진 마나가 놈을 옭아매며 공중으로 들어 올렸고.

그보다 높이 도약한 박헌제가 머리를 향해 검을 수직으로 내리꽂았다.

푹-! 콰앙!!

뿌연 흙먼지가 자욱하게 일어난 곳에서 걸어 나온 박헌제는 검에 묻은 피를 털어 내며 말했다.

"이놈 약한데? 끽해야 B급 정도?"

"네? 그럼 선호 삼촌은 왜……."

두 사람은 의뭉스러운 표정으로 그를 바라봤다.

고작 B급 몬스터한테 피해를 입는다고 김선호가 저리 울부짖을 리가 없었기 때문이었다.

제자리에서 움직이지도 않은 채 놈에게 직격당한 상처를 두 팔로 감싸 안고 있는 그.

몸을 바르르 떤 그는 자신의 가슴을 가리키며 말했다.

"이것 좀 봐! 저놈의 공격이 먹히질 않았어. 상처 하나 안 났다고!"

"그럼 좋은 거……."

부상을 입지 않았으면 좋은 거 아니냐.

그렇게 말하려던 홍이슬을 박현제가 툭 건드렸다.

그리고는 설레설레 고개를 젓는다.

그것이 무슨 의미인지를 이해하지 못해 갸웃거리던 그녀 였으나, 이내 알아챘다는 듯 미간을 찌푸렸고.

어이없다는 시선으로 김선호를 바라보며 말했다.

"그러니까, 상처 하나 없는 게 불만이라는 거예요 지금?"

"……그런 거 같아요."

두 사람은 동시에 입가를 늘어뜨리며 코를 찡긋거렸다.

취향은 존중하지만 이해할 수는 없는 것이었다.

그 순간.

급기야 김선호가 이상 현상을 보였다.

슈트의 버튼을 눌러 크기를 키우고는 홀러덩 벗어 던진 것 이었다.

속옷과 타이즈를 입은 덕에 알몸이 드러나진 않았지만, 그 모습을 보고 놀란 홍이슬은 황급히 몸을 뒤로 돌렸고.

박현제는 황급히 김선호를 붙잡으며 말했다.

"혀, 형님. 왜 이러세요?"

"나 이런 거 필요 없어."

"예? 이놈들이 약하긴 했지만, 아무리 그래도 헌터가 슈트도 안 입고 싸우겠단 말이에요? 나중에 더 센 놈이라도 나오면 어쩌시려고요?"

말을 하면서 아공간에 슈트를 집어넣은 그는 이전에 입던 슈트를 꺼내 들며 말했다.

"우선 이거 입고 싸우다가 도저히 안 될 거 같으면 그때 입을게."

"······."

박현제는 이 이상 말릴 수 없다는 듯 한숨을 내쉬었다.

굳은 결의가 담겨 있는 표정.

재건이 직접 오지 않는 이상 그를 말릴 방도는 없는 듯했다.

'그리 위험하진 않은 곳이라는 게 다행이지.'

재건의 설명에 따르면, 목숨을 위태롭게 만들 정도의 위험은 도사리지 않는 상황.

그렇다면 하고자 하는 뜻대로 내버려 둬도 문제 될 것은 없었다.

그렇다고 무조건적으로 허용하는 건 아니었다.

"대신 다음 시련에서는 다시 입으셔야 돼요. 안 그러면 재건 님한테 다 말할 거예요."

"그렇게 안 봤는데······ 사내대장부가 치사하게 일러바칠 생각이나 하고······ 알았어. 안 그래도 다음 시련 때는 입을 생각이었어."

툴툴거리면서도 기세가 한풀 꺾인 듯한 모습의 김선호.

눈이 돌아간 상황에서도 재건이 두려운 건 어쩔 수 없었던 것이다.

그때였다.

테마 게이트의 시작을 알리듯 그들에게 시스템 알림이 들려왔다.

[하멜른의 전설 '하멜른의 쥐 잡이'에 입장하셨습니다.]
[첫 번째 이야기 '마을에서 쥐를 없애는 방법'이 시작됩니다.]
[현재 이곳은 감염된 거대 쥐로 인해 곤란을 겪고 있습니다. 쥐들을 모두 없애 주세요.]

그리고 그것을 듣는 순간.

박현제가 아차 싶은 표정으로 검을 찔러 넣었던 쥐를 향해 고개를 돌렸다.

정확히 머리를 관통당해 숨이 끊어진 줄만 알았던 놈이 다시 일어나며 붉은 눈을 빛내고 있었다.

"이슬 씨!"

박현제의 다급한 외침에 홍이슬은 뒤도 돌아보지 않은 채 지팡이를 들어 올렸다.

-인피니티 플레임(Infinite Flame)!

순식간에 치솟는 불길!

그것에 휩싸인 거대 쥐가 괴로운 음성을 토해 냈다.

"찌이익!!"

하지만 홍이슬은 거기에서 멈추지 않았다.

불로 원을 그린 그녀는 인피니티 플레임을 유지하면서 다른 마나를 더 불어넣었다.

-성질변이.

한순간에 불길이 사그라들고.

이내 거대한 수도꼭지처럼 물을 토해 냈다.

쏴아아-!

불로 놈을 완전히 태워 버릴 수 있었는데 갑자기 거기서 물을 끼얹는다?

상식적으로 이해할 수 없는 상황이었지만, 이런 행동은 모두 재건의 전언에서 비롯된 것이었다.

그를 반증하듯 찍찍거리던 시끄러운 괴성이 한순간에 사라졌다.

불을 꺼 줬기 때문이 아니라 물이 닿는 순간, 그것이 염산이라도 되는 양 몬스터가 형체도 없이 사라졌기 때문이었다.

박현제와 김선호는 그녀의 업적에 엄지를 추켜올려 보였다.

"역시 이번 레이드의 핵심은 이슬 씨네요."

"크흠. 아직 보여 드릴 게 많아요."

그랬다.

재건이 일러 준 것 중 하나는 거대 쥐의 약점이 물이라는 것.

공략대 중에서 정확히 마법계라고 꼽을 만한 사람은 홍이슬뿐이었으니, 이 역할을 해낼 수 있는 사람은 그녀밖에 없었다.

◇ ◆ ◇

저벅저벅.

세 사람은 주위를 훑으며 집과 집 사이를 천천히 걸었다.

시스템이 말한 것처럼 첫 번째 이야기는 '마을에서 쥐를 없애는 방법'.

테마 게이트답게 내부가 중세 시대로 보이는 마을로 꾸며져 있는 것이었다.

하지만 불이 꺼져 있는 집은 텅 비어 있었고, 어디에서도 사람의 흔적을 찾아볼 수 없었다.

그 대신.

"찌이익!!"

그들의 목숨을 위협하는 거대 쥐가 계속해서 날카로운 발톱을 휘둘러 올 뿐이었다.

세 사람 중 가장 기민하게 반응한 것은 김선호였다.

한 치의 오차도 없이 그곳을 향해 들이미는 몸.

발톱이 몸을 훑고 지나가자 그에게서는 기교 섞인 음성이

111

흘러나왔다.

"앗흥!!"

그사이에 홍이슬이 만들어 낸 물벼락이 거대 쥐에게 쏟아졌다.

바로 앞에 있는 김선호에게까지 피해를 끼칠까 걱정하지 않아도 되는 평범한 물.

하지만 몬스터에게는 말 그대로 쥐약인 편안한 마법이었다.

그러나 그녀가 모르는 사실이 있었으니.

발톱으로 인해 깊게 파인 상처에 물이 닿는 순간, 김선호는 말로 표현할 수 없는 쾌락을 느끼고 있다는 것이었다.

"끄으응~~ 하악!"

아쉽게도(?) 순식간에 아물어 버리는 상처.

이 이상 쾌락을 느낄 수 없다는 것을 아는 김선호는 한 차례 몸을 떨고는 고개를 돌렸다.

그간의 과정을 알려 주듯 넝마가 된 슈트가 몸에 걸쳐져 흐느적거리고 있었다.

그런 그를 바라보는 두 사람은 말없이 손을 내저었다.

매번 반응하기에도 지친 것이었다.

매몰차게 걸음을 옮기는 두 사람과 그들의 뒤를 쫓는 김선호.

다음 목표를 향해 걸어가는 그들은 한없이 여유로웠다.

다른 사람은 몰라도 그들에게 첫 번째 이야기는 이 이상

쉬울 수 없었다.

거대 쥐가 몇 마리가 나오건, 약점을 파악하고 있는 이상 B급 수준의 몬스터는 S급의 무위를 뽐내는 그들에게 위협이 되지 않았기 때문이었다.

다만, 한 가지 짜증나는 건.

"아니, 무슨 놈의 마을이 이렇게 크지? 걸어도 걸어도 끝이 안 보이네. 여기 있는 거 맞나?"

"재건 님이 그러셨으니까 어딘가 있긴 있겠죠."

둘의 대화에 가장 선두에 서 있던 김선호는 혼잣말을 중얼 거렸다.

"계속 안 나왔으면 좋겠다."

절정(?)을 느끼기 전에 스테이지를 클리어하고 싶지는 않은 김선호였다.

그러던 그때.

동시에 세 사람의 시선이 길의 끝에 고정됐다.

지진이라도 난 것처럼 땅이 진동하며 뿌연 흙먼지가 일어 난다.

얼핏 모래 폭풍이라도 인 것처럼 보일 수 있는 광경이었지 만, 그들은 저것의 정체가 무엇인지 알고 있었다.

"어디 숨어 있다가 저렇게 우르르 몰려오는 거야?"

간간이 검을 휘두를 뿐, 대부분 구경만 하고 있었던 박현제 는 몸을 풀며 놈들을 맞이할 준비를 했다.

하지만 말보다 행동이 빠른 모범적인 사내가 있었으니.

슈트를 입었다고 하기에도, 그렇다고 안 입었다고 하기에도 애매한 넝마를 걸친 김선호가 환한 웃음을 그리며 놈들을 향해 마주 달렸다.

"이놈들아! 나 여기 있다!"

말릴 틈도 없이 흙먼지 속으로 들어가 버리는 그.

그리고 잠시 후 그곳에서는 연신 교성이 들려왔다.

"아하앙!!"

"이에에쓰~ 더!!"

"으흑, 앗흥!"

여태까지 단련이 되었다고 생각한 박현제도 혀를 내둘렀다.

간만에 웨펀 브레이크를 사용할 생각이었지만 김선호가 저 속으로 뛰어든 탓에 계획을 변경할 수밖에 없게 된 상황.

그럼에도 박현제는 멍하니 바라보기만 할 뿐이었다.

어느 정도는 만끽할 시간을 주기 위함이었다.

그렇게 얼마간의 시간이 흘렀을 무렵.

박현제가 곁에 선 홍이슬을 보며 고개를 끄덕였고.

극도의 혐오가 담긴 표정으로 주시하고 있던 그녀는 말없이 지팡이를 들어 김선호가 있는 방향으로 내밀었다.

마나를 집중에 스킬을 발동하려는 순간, 멀리서 들려오는 소리.

"오우에~ 하악!!"

간드러지는 음성이 그녀의 집중을 방해하며 마나를 흩어지게 만들었다.

짜증이 잔뜩 난 얼굴로 다시 집중해 마나를 쏟아붓는 홍이슬.

뒤이어 인피니티 플레임으로 집채만 한 불길을 만들어 내고.

성질변이를 적용하는 순간.

화아아악-

해일과 같은 물줄기가 그곳을 덮쳐 갔다.

거대 쥐들이 급히 도망가려 하지만, 저들보다 훨씬 빠르고 거대한 물에게서 벗어날 수는 없는 일.

수없이 많았던 쥐들은 한순간에 녹아내리며 자취를 감췄고.

그곳에는 물에 젖은 생쥐 꼴이 되어 한쪽 구석에 박힌 김선호만이 남아 있었다.

조금 전까지만 해도 짜증이 치솟았던 홍이슬이 한달음에 그를 향해 달려갔다.

혹여 자신이 힘을 잘못 조절한 것은 아닐까 걱정되었던 것이다.

"삼촌, 괜찮……."

하지만 그녀의 말은 끝까지 이어지지 못했다.

"흐흐흐흐."

끊이지 않는 그의 기괴한 웃음.

그는 물줄기에 휩쓸린 여파 때문이 아니라, 극도의 쾌락을 심취해 정신을 차리지 못하고 있는 것이었다.

"어휴⋯⋯."

한숨을 푹 내쉰 홍이슬은 고개를 저으며 시선을 돌렸다.

그리고 그때 눈에 들어온 것이 있었다.

그리 멀리 떨어지지 않은 곳에 있는 그것.

이 이야기의 끝을 내릴 수 있는 강(江)이었다.

테마 게이트 내 마을의 한편에 흐르는 거대한 물줄기.

무적 공략대의 세 사람, 아니 정확하게는 극도의 쾌락을 느끼고 있는 김선호를 제외한 두 사람이 그토록 찾아 헤맨 것이었다.

홍이슬은 자신과 같은 생각을 하고 있는지를 확인하기 위해 물었다.

"저게 맞겠죠?"

"맞길 바랄 뿐입니다."

박현제는 대답을 하면서 고개를 들어 하늘을 바라봤고.

그의 시선이 머문 곳엔 홀로그램이 빛을 발하고 있었다.

[감염된 거대 쥐 처치 수 : 271/????]

그곳에는 게이트에 들어선 후부터 지금까지 처치한 거대 쥐의 수가 기록되어 있었다.

조금 전 김선호와 드잡이질을 하던 무리를 무(無)로 돌리며, 그 수가 어느덧 270마리를 넘어가는 상황.

'이렇게 보니까, 처리국에 있을 때랑은 비교도 안 되게 성장하긴 했구나.'

한 게이트에서 등장하는 몬스터의 수는 평균 50마리 내외.

이를 감안하면, 지금까지 잡은 놈들의 마릿수가 도합 다섯 번 이상의 레이드를 거치며 처리한 수와 동일하다는 말이었다.

물론, 처리국 생활을 할 때에도 하루에 네다섯 번의 레이드를 할 때가 있었다.

하지만 그건 말 그대로 하루다.

잠깐의 휴식도 없이 일시에 많은 몬스터를 상대한다는 건, 체력은 물론이고 급격한 심력을 소모하기 마련.

그럼에도 여유가 느껴진다는 것은 이전과는 비교를 불허할 정도로 성장했다는 것을 의미했다.

재건의 밑에서 해 왔던 그간의 고생이 무의미하지 않다는 뜻이기도 했다.

그러나 그런 소회도 잠시뿐.

박현제는 시선을 돌려 걸음을 옮겼다.

몇 마리를 해치워도 여전한 저 빌어먹을 물음표에게서 벗어나는 게 우선이었다.

첨벙첨벙-

홍이슬이 만들었던 해일과 같은 물줄기의 여파로 곳곳에 물웅덩이가 가득했고.

한 걸음 내딛을 때마다 발목까지 잠긴 발이 첨벙거리는 소리를 만들었다.

얼마 지나지 않아 목적지에 도착한 그가 건물에 기댄 채 앉아 있는 김선호에게 손을 내밀었다.

"형님, 이제 그만 일어나시죠."

김선호가 피식 웃고는 내밀어진 손을 붙잡고 몸을 일으켰다.

"너무 많이 놀긴 했지?"

"예, 아우 된 사람으로서 지금 이 모습을 형수님이랑 조카가 보지 못한다는 게 참 아쉽네요. 사진이라도 한 장 찍어 두고 싶을 정도예요."

"너는 가만 보면 말을 참 알밉게 하는 재주가 있더라. 그러니까 재건 님한테 맨날 맞는 거야. 어? 혹시 너도 나랑 같은……."

순간 무언가를 깨달았다는 듯 말꼬리를 흐리면서 음흉한 눈길을 보내는 김선호.

그의 모습에 박현제가 질색하며 표정을 굳혔다.

"취향은 존중하는데, 괜히 노멀하게 잘 사는 사람까지 엮지는 맙시다."

"알았어. 장난 한 번 한 거 가지고 정색하기는."

모처럼의 쾌락을 만끽한 것에 만족했는지, 김선호는 넝마가 된 슈트를 벗어 던졌다.

그리곤 이전 아공간에 집어넣었던 것을 꺼내 입은 뒤 홍이슬이 있는 곳으로 걸어갔다.

"갑시다. 이 이야기를 끝내러."

김선호를 선두로 강을 향해 다가가는 세 사람.

그들이 목적지에 당도할 때까지 거대 쥐는 한 마리도 모습을 드러내지 않았다.

조금 전의 전투에 겁을 집어먹고 어딘가에 꽁꽁 숨어 버린 건지.

아니면 폭우라도 내린 듯 젖어 있는 지면 때문에 근접하지 못하는 건지는 알 수 없었지만.

덕분에 아무런 방해도 받지 않고 도달할 수 있었으니 크게 신경 쓰지 않았다.

이윽고 강 근처에 도착한 세 사람은 눈앞에 흐르는 강물을 지그시 응시했다.

인적 하나 없는 적막한 마을과 비슷하게 잔잔한 강.

박현제가 염려가 가득한 눈빛으로 홍이슬을 바라봤다.

"할 수 있겠어요? 아무리 봐도 재건 님 기준으로 말한 거 같은데……."

그와 달리 홍이슬은 크게 심호흡을 하며 담담한 기색을 내비쳤다.

"후우…… 할 수 있어요. 아니, 할 수 없어도 어떻게든 해내야죠. 언제까지 첫 번째 이야기에 묶여 있을 수는 없잖아요."

"그렇긴 한데……."

재건의 말에 따르면 사실상 마을에서 거대 쥐를 몰살시키는 데는 족히 백 명 이상의 인원이 동원되어야 했다.

도처에 숨어 있는 어미 쥐는 절대 밖으로 나오지 않으며, 계속해서 새끼를 낳기 때문.

먼저 들어갔던 헌터들의 도움을 받을 수 있다면 모를까.

그들의 흔적을 눈곱만큼도 찾을 수 없는 지금, 세 사람의 힘으로 해결하는 데는 이것이 최선의 방법이었다.

끝을 알 수 없을 만큼 뻗어 있는 물줄기.

잔잔하게 흘러가는 것과 달리, 범람한다면 마을을 통째로 뒤덮고도 남을 정도로 거대한 양.

이를 이용해 게이트 내부를 쓸어버리는 것이었다.

일일이 수색해서 찾아 죽이는 것보단 확실하고 빠른 방법이긴 했다.

하지만 말처럼 쉬운 일은 아니었으니 걱정이 될 수밖에.

"정 어려울 것 같으면 다른 방법을……."

"걱정 말아요. 나 못 믿어요?"

괜한 걱정이라는 듯 웃으며 되묻는 홍이슬.

그러나 말은 그렇게 하면서도 심적 부담감을 느끼는 것을 어쩔 수 없었다.

자신에게 주어진 역할이 그만큼 막중했으니까.

'가능해. 난 할 수 있어!'

계속해서 긍정적인 생각을 되뇌며 자신감을 끌어올렸다.

언제까지 여기에 머물러 있을 수만은 없는 노릇.

머문다는 것은 단순히 테마 게이트 속 이야기를 의미하는 것만이 아닌, 자신의 성장에 관한 것이기도 했다.

'난 무슨 일이 있어도 강해져야 돼.'

아빠는 자신은 물론이고, 가문 내에서도 누구보다 가장 강인했던 분.

그런 분이 금강과 함께 있었음에도 죽음을 맞이했다.

이는 정체 모를 집단의 무력을 현재의 자신으로서는 감당할 수 없다는 뜻이었다.

찢어 죽여도 시원찮을 놈들을 마주하면 되레 죽는 결과를 초래할 수 있다는 것.

그런 불상사를 만들지 않기 위해서는 최소 가주급의 힘을 가져야 했다.

'이건 내 성장을 시험하기 위해 마련된 발판이야.'

재건이 자신을 믿고 맡겨 준 데에는 그만한 이유가 있을 거라는 생각이 든다.

고된 훈련을 강행했을지언정 지나고 보면 할 수 없는 일을 시킨 적은 단 한 번도 없었으니까.

지팡이를 잡고 있는 손에 굳은 결심과 함께 힘이 들어간다.

이윽고 천천히 끌어올려지는 마나.

그를 따라 잔잔했던 수면에 조그마한 진동이 일어나기 시작했다.

솨아악-

이내 바다와 같이 파도가 일어나고.

시간이 지남에 따라 서서히 거칠어졌다.

염동력을 이용해 강에 있는 물 전체를 움직이고 있는 것이었다.

"이제 제 차례네요."

이때를 기다렸다는 듯 박현제가 등에 짊어지고 있던 자루를 뒤집어엎었다.

채채챙-

쇠가 부딪치는 묵직한 소리와 함께 쏟아져 나오는 무수히 많은 물건들.

잠시 후 검의 형체를 띤 쇠붙이들이 지면 위로 어지러이 널브러졌다.

컨택트를 복사한 것과 더불어 독일의 헌터 마켓에서 구매한 이도저도 아닌 어중간한 검들이었다.

"갑니다."

촤악- 푸부부붕!

개중 하나를 집어 던지자 그것을 따라 무수히 많은 검들이 강으로 떨어져 내렸고.

박현제는 수중에 쥐어진 실에 마나를 주입했다.

수심이 얼마나 될지 가늠이 되지 않는 강.

그곳에 가라앉은 검들에 박현제의 마나가 전해지며 붉게 달아오른다.

이윽고 그것이 정점에 다다랐을 때.

-웨펀 브레이크(Weapon Break)!

파바바바바바방!!!

물속에 있음에도 불구하고 땅이 진동할 정도로 엄청난 폭발이 생겨났고.

그에 상응하는 거친 물보라가 일어났다.

"지금이에요!"

박현제가 신호를 던지자 홍이슬이 고개를 끄덕이며 마나를 쏟아부었다.

서서히 흘려보내고 있던 것은 물을 길들이기 위한 워밍업.

일순 쏟아진 마나가 염동력과 만나면서 강물 전체를 끌어올리기 시작했다.

"흐읍."

한순간에 많은 마나가 빠져나가며 호흡 곤란이 찾아왔다.

한곳에 집중된 게 아닌, 방대한 영역에 영향력을 키운다는 것은 그런 것이었다.

그럼에도 홍이슬은 고통을 인내하며 쉬지 않고 마나를 불어넣었고.

수면이 뒤로 밀리며 파도가 하늘 높이 치솟았다.

하지만 홍이슬은 만족스러운 얼굴이 아니었다.

이야기를 끝내기 위해서는 마을 전역에 있는 쥐를 한 마리도 남김없이 몰살시켜야 하는 상황.

그러기엔 너무 애매한 크기였던 것이다.

'만약 이대로 그만둬서 쏟아진 파도가 마을 전역을 뒤덮지 못한다면…….'

마나를 회복하는 데에 많은 시간을 소모하는 건 중요치 않았다.

그보단 강물이 많이 줄어든 탓에 이만한 파도를 또다시 만들어 내는 게 불가능할지도 모른다는 것.

그것이 몰아치는 고통 가운데서도 홍이슬이 만족하지 못하는 이유였다.

그때 땅이 진동하며 먼 곳에서 모래 폭풍이 일어났다.

박현제가 그곳을 향해 터벅터벅 걸었다.

"이 쥐새끼들. 나오랄 때는 안 나오고 꼭 이럴 때만 나타난단 말이지."

얼굴에 피곤함이 얼룩진 그가 컨택트를 꺼내 들었다.

그 또한 웨펀 브레이크로 인해 많은 마나를 소모한 상태.

휴식을 취해야 마땅하지만, 고도의 집중을 유지하는 홍이슬을 보호하기 위해서는 어쩔 수 없이 나설 수밖에 없었다.

그 순간 김선호가 손을 들어 앞을 가로막았다.

"저건 내가 맡을 테니까 쉬고 있어."

그리곤 지팡이의 뱀이 토해 낸 단검을 쥐며 놈들 향해 쏟아져 나가는 그.

촤악-! 푸욱-!

힐러의 것이라고는 믿을 수 없는 움직임이 눈앞에 펼쳐진다.

거대 쥐의 발톱이 곳곳에서 날아들지만 절대 피하지 않는다.

그러거나 말거나 단검으로 놈들의 목덜미에 구멍을 만들어 내기에 여념이 없다.

고약한 냄새를 풍기는 피가 쏟아져 나옴에도 전혀 개의치 않는다.

푸욱!

피를 뒤집어쓴 상태로 다른 놈을 향해 단검을 찌를 뿐이다.

방어 따윈 고려치 않는 공격 일변도의 움직임.

쾌락을 포기한 지금의 그는 광전사 그 자체였다.

이것은 트롤 그 이상의 회복력을 가진 김선호만이 가능한 전투 방식에 극강의 방어력을 가진 슈트가 더해지며 낳은 결과였다.

그 광경을 멍하니 바라보던 박현제가 헛웃음을 토해 냈다.

"워우…… 적으로 안 만난 게 다행이네."

칼도 안 들어가는데 가까스로 대미지를 입혀도 금방 회복한다?

상상만 해도 치가 떨려 왔다.

저런 사람이 아군이란 사실은 더없는 행복이 아닐 수 없었다.

그러나 김선호의 분전에도 상황은 크게 달라지지 않았다.

거대 쥐는 물을 뒤집어쓰지 않는 이상 불사의 몸을 가진 몬스터.

지금은 승기를 잡은 것처럼 보여도 시간이 지날수록 체력이 떨어지는 건 김선호가 될 수밖에 없었다.

더군다나 극강의 방어를 자랑하는 슈트라 해도 머리까지는 보호해 주지 않으니 자칫 머리를 가격당하면 위험을 초래할 수도 있는 상황.

홍이슬도 그것을 알고 있었고, 더 이상 고민할 시간 따윈 없었다.

지금은 고민할 때가 아니라 빠른 결정을 내려야 할 때.

까드득-

그녀가 이를 악물며 전신의 마나를 긁어모았다.

뒤이어 뼈가 뒤틀리는 것 같은 고통이 찾아왔지만.

'크흑!'

잇몸에서 피가 흘러나올 정도로 악다문 그녀는 마나를 불어넣는 데만 집중했다.

그렇게 높게 치솟아 있던 파도에 그녀의 마나가 더해지는 순간!

촤아아악-

"⋯⋯!"

자신의 위로 드리워진 그늘에 박현제가 경악한 표정을 지었다.

강물이 한곳에 집중되며 배에 달하는 크기로 변모했기 때문이었다.

홍이슬의 특성 '성질'이 개방되면서 얻은 또 하나의 스킬.

'성질 초월'.

대상이 가진 성질을 한 단계 끌어올려 주는 효과를 가진 그것이 만들어 낸 결과였다.

더 이상 파도를 묶어 놓을 수는 없는 상태에 이른 홍이슬은 자신을 비롯한 다른 두 사람에게 염동력을 두르며 소리쳤다.

"가만히 있어요!"

다급한 외침에 박현제는 숨까지 참으며 눈을 질끈 감았고.

거대 쥐와 사투를 벌이던 김선호는 땅에 단검을 박아 넣으며 파도를 맞을 준비를 했다.

그리고.

파아아아악!!!

하늘을 가릴 정도로 높게 솟아 있던 파도가 마을을 덮쳤다.

파도를 감당하지 못한 집들이 순식간에 쓸려 나갔다.

지근거리에서 김선호와 싸우던 쥐들이 녹아내린 것은 당연지사.

반면 홍이슬을 비롯한 세 사람은 염동력의 비호를 받으며 파도를 견뎌 냈다.

주위에 실드가 만들어진 것처럼 반원을 그린 염동력이 물을 밀어내고 있는 것이었다.

그렇게 얼마간을 버텼을까?

서서히 낮아지는 수심에 염동력 없이도 숨을 쉴 수 있을 정도가 되고.

천천히 고개를 돌렸을 때, 마을은 초토화가 된 후였다.

세 사람의 시선이 하늘로 향한 것도 동시였다.

하늘에서 빛을 발하고 있는 홀로그램.

그것의 상태를 확인하려는 것이었다.

[감염된 거대 쥐 처치 수 : 1,036/1,036]

수를 확인할 수 없었던 물음표는 사라지고 명확한 수가 표기되어 있다.

그 수가 무려 1,036마리.

박현제는 못 볼 걸 본 사람처럼 입을 벌렸다.

"미친 거 아니야? 1,000마리가 넘었어?"

"그래도 다 죽인 거 같죠?"

"다행히 그런 거 같긴 하네요. 이슬 씨가 없었으면 어떻게 클리어했을지 감도 안 잡히네요."

그 순간.

세 사람에게 시스템 알림이 들려왔다.

[첫 번째 이야기 '마을에서 쥐를 없애는 방법'이 막을 내렸

습니다.]

['하멜른의 쥐 잡이'에 있는 모든 헌터들의 수에 따라 약속된 금화가 분배됩니다.]

땡때때르르르르-

난데없이 그들의 앞에 쏟아지는 금화.

어떻게 된 상황인지 채 인지하기도 전에 다음 알림이 쉬지 않고 흘러나왔다.

[두 번째 이야기 '사라진 아이들을 구하는 방법'이 시작됩니다.]

[피리 부는 사나이는 자신을 공격한 헌터들을 괘씸하게 여기고 있습니다. 그의 군사가 되어 버린 헌터들을 구출해 내세요.]

쏴아아악-

넓은 강이 홍해와 같이 갈라진다.

그 속에서 물길을 가르며 나타나는 거대한 다리.

동시에 시야를 가리던 뿌연 안개가 걷히며 강 건너편의 육지가 모습을 드러냈고.

별다른 안내가 없음에도 세 사람은 다음 목적지가 저곳이라는 것쯤은 쉽게 알 수 있었다.

그러나 그 누구도 발걸음을 옮기지 않았다.

이내 해일에 쓸려 나가며 황폐해진 대지 위에 대자로 벌러 덩 드러눕는 박현제.

그를 따라 홍이슬 역시 자리에 주저앉았다.

생각보다 많은 마나와 체력을 소모한 탓에 잠시 휴식을 취할 필요가 있었던 것.

그러면서도 제 앞에 떨어진 금화의 수를 헤아리는 것은 잊지 않았다.

"세 보니까 제 거는 딱 100개네요."

"나도 딱 100개."

김선호의 대답에 박현제도 몸을 일으키며 할당된 금화의 양을 살펴봤다.

"나도 100갠데? 그럼 다 합쳐서 300개인가?"

셈을 끝낸 박현재가 광채를 번뜩이는 금화를 바라보며 어이가 없다는 헛웃음을 흘렸다.

"그게 이런 의미였네."

세 사람이 독일에 오기 전 재건이 건넨 한마디.

'자칫하면 금 시세가 폭락할 수도 있으니, 가급적이면 빠르게 클리어하세요.'

그 말의 의미를 이제야 이해하게 된 것이었다.

현재 수중에 들려 있는 금화 한 개의 가치는 순금 3돈가량.

현재 금 시세를 따져 한화로 환산했을 경우, 2억 원을 훌쩍 넘어가는 양이었다.

마정석만 몇 개 내다 팔면 손쉽게 거액을 마련할 수 있는 헌터들에겐 별다른 메리트가 없을지도 모른다.

하지만 헌터가 아닌 일반인들로 범위를 넓히면 그 무게는 판이하게 다가올 수밖에 없었다.

첫 번째 이야기는 클리어 시점으로부터 하루가 지나면 리셋된다.

두 번째 이야기로 넘어가지 않고 첫 번째 이야기만 주구장창 클리어할 경우, 이곳은 금을 찍어 내는 공장이 된다는 말이나 다름없었다.

자칫하면 금이 갖는 가치가 떨어지다 못해 시장 자체가 붕괴될 수도 있는 일.

독일 헌터들이 끌려가지 않았다면, 그 기우가 현실이 되었을지도 몰랐다.

때문에 재건은 이런 폐단을 막기 위해 빠르게 클리어해 달라는 당부를 건넸던 것.

그 진의를 깨달은 박현제는 툴툴 털고 일어나 두 사람에게 다가갔다.

그리곤 첫 번째 이야기를 클리어하며 얻게 된 금화를 한군데로 모았다.

"그러니까 이게 우리가 모을 수 있는 최대 금화라는 거죠?"

"그렇죠. 그나마 우리끼리만 들어왔으니 이 정도 모았지, 다른 헌터들까지 있었으면 세상 귀찮아질 뻔했어요."

시스템 알림은 모든 헌터들의 수에 따라 금화가 분배된다고 했다.

그 말인즉, 300개의 금화가 헌터 수에 따라 나눠진다는 것.

100명이 들어왔다면 한 사람 앞에 3개의 금화가 주어지는 구조였다.

김선호는 수북이 쌓인 금화를 바라보면서 말했다.

"이렇게 모아 놓고 보니까, 클리어 조건을 모르는 상태에서 들어왔으면 두 번째 이야기는 꿈도 못 꿨겠는데?"

박현제와 홍이슬도 그에 동의한다는 듯 고개를 끄덕였다.

"한 길드에서 100명이 들어왔을 리도 없을 테고, 개인에게 주어진 보상이니까. 안 내놓으려고 할 만도 하죠."

당장 현금화할 수 있는 물건이 개개인에게 주어졌고, 퀘스트를 클리어한 보상이라 간주했을 테니 내놓을 리 만무했을 터.

아마도 그들은 알지 못했을 것이다.

이 금화가 두 번째 이야기에서 중요한 역할을 하는 화폐라는 것을 말이다.

때문에 첫 번째 이야기에서 얻을 수 있는 수량을 전부 확보했다는 건 상당히 고무적인 일이었다.

한데 홍이슬의 표정은 그다지 밝지 않았다.

"그런데 턱없이 부족한 거 아니에요? 필요한 수량은 1,000개라고 했던 거 같은데."

뭔가를 고민하는 듯 보이던 그녀가 이내 질색하며 당황이 가득한 음성을 토해 냈다.

"어떡해요! 이 짓을 서너 번이나 반복해야 한다는 말이잖아요?"

그녀의 목소리에서 걱정이 묻어 나왔다.

첫 번째 이야기의 리셋에 필요한 시간은 하루.

그렇다는 건, 3일이라는 시간에 걸쳐 강물을 끌어 올려야 한다는 뜻.

그만큼 염동력에 마나를 쏟아붓고, 성질 변이, 성질 초월 등을 동시에 사용하는 데 수반되는 극심한 고통 또한 감내해야 된다는 말이었다.

"싫어! 안 할 거야!"

한 번만 해도 이렇게 진이 빠지는 것을 앞으로 3번은 더 반복해야 된다는 사실에 머리를 감싸 쥐며 현실을 부정하기에 이른 홍이슬.

그런 그녀의 고충을 단번에 없애 준 건 박헌제였다.

"뭘 그렇게 걱정해요? 이거 때문에 재건 님이 나를 여기로 보낸 거겠죠."

다리 위를 걷는 세 사람에게로 스산한 기운이 몰려들었다.

주변을 맴도는 까마귀 무리의 울음소리.

바닥이 보이지 않는 어둑한 강 밑은 당장에라도 손이 뻗어 올라올 것만 같은 공포감을 조장했다.

하나 그런 걱정이 무색하게도, 다리의 끝에 다다를 때까지 어떠한 일도 벌어지지 않았고.

건너편에 도달한 세 사람은 안도의 한숨을 내쉬었다.

그러나 상황은 아직 끝난 게 아니었다.

뒤이어 시야에 들어온 광경은 또다시 몸을 움츠리게 만들었으니.

다름 아닌 우거진 수풀 가운데 떡하니 자리 잡은 동굴이었다.

"……갑자기 납량 특집?"

"서, 설마 귀신이 나온다거나 하진 않겠죠?"

"에이, 그럴 리…….."

가당치도 않다는 듯 말하려던 그때.

<u>ㅎㅎㅎㅎ-</u>

처녀 귀신의 웃음소리.

아니, 바람이 내부로 빨려 들어가면서 내는 소리였다.

정신을 차렸을 땐 어느새 홍이슬이 박현제를 방패 삼아 숨은 뒤였다.

"와~ 인성이~"

"아니, 그게…….."

"자기 혼자 살겠다고 동료를 들이밀어요?"

"그, 그럼 무서운 걸 어떡해요! 그러는 현제 씨도 무서운 건 마찬가지잖아요!"

그녀의 말처럼 박현제도 어느새 컨택트를 꺼내 들고는 곧 추세우고 있었던 것이다.

티격태격하는 둘을 바라보며 고개를 절레절레 저은 김선호가 선두를 자처했다.

"장난은 그만하고 빨리 들어가자."

"장난 아니거든요!"

뾰족하게 목소리를 높이는 홍이슬이었으나, 김선호는 별다른 반응 없이 묵묵히 걸음을 옮길 뿐이었다.

그런 그를 바라보며 한숨을 푹 내쉰 두 사람은 어쩔 수 없다는 듯 그 뒤를 바짝 쫓았다.

서로의 숨소리가 들릴 정도로 적막한 동굴.

흙으로 된 바닥은 저벅거리는 그들의 발소리를 더욱 선명하게 만들었다.

꽈악-

필요 이상으로 들어가는 손힘에 미세하게 떨리는 컨택트.

그와 더불어 두 눈은 쉬지 않고 주위를 훑는다.

다른 사람이 보면 S급 몬스터를 앞에 두고도 떨지 않는 그들이 이게 무슨 추태냐 하겠지만, 어쩌면 당연한 일이었다.

몬스터와 귀신은 엄연히 다른 존재였으니까.

대강 어디에 있는지 알 수 있고 죽일 수도 있는 몬스터와 달리, 귀신은 그런 대처가 불가능한 존재였으니 말이다.

그렇게 겁에 떨며 걷던 홍이슬이 무언가를 떠올린 듯 조그만 불씨를 띄우곤 빛으로 바꾸며 어두운 내부를 밝혔다.

"이슬 씨 스킬은 만능이네요. 나중에는 그걸로 사람도 만들겠어요."

"하하…… 그럴 수 있도록 노력해 볼게요."

긴장된 분위기를 전환시키기 위해 던진 박현제의 농담에 홍이슬이 자연스럽게 맞받아친다.

한 치 앞도 보이지 않던 내부가 빛으로 비춰지면서 조금의 여유를 되찾은 것이었다.

그렇게 얼마간을 걸었을까?

여태 걸어왔던 좁은 길과는 차원이 다른 거대한 공동이 나타났고.

"……!"

"……!"

그곳엔 수많은 사람들이 포진해 있었다.

먼저 이곳으로 들어왔던 헌터들과 정체를 알 수 없는 인물에 의해 끌려 들어왔던 헌터들이었다.

문제는 그 수가 150명을 훌쩍 넘는다는 것이었고.

세 사람을 향해 강한 적개심을 내비치고 있다는 것이었다.

선두에 선 김선호를 비롯해 모두가 곧바로 전투태세를 갖췄다.

한데 눈을 부라리며 노려보기만 할 뿐, 정작 공격해 오는 사람은 단 한 명도 없었다.

예상치 못한 가운데서도 다행스러운 일이었다.

"이제 어떻게 하죠?"

홍이슬의 걱정 어린 말에 박현제가 대답했다.

"우선 공격하지 말고 기다려 보죠."

"그게 좋겠다."

세 사람이 아무리 강하다고 한들, 150명이 넘는 헌터들을 동시에 상대한다는 건 힘든 일이었다.

더군다나 첫 번째 이야기에서 많은 체력을 소모하고 온 데다가, 무엇보다 아무런 죄가 없는 사람들을 공격한다는 것이 꺼림칙할 수밖에 없었다.

그때였다.

쏴아아악-

일순 헌터들의 뒤편 땅에서 솟구쳐 오른 검은 안개.

그곳에서 한 사람이 모습을 드러냈다.

방울이 달린 뾰족한 구두, 검은 망토에 꼬불거리는 금발.

피리 소리로 사람들을 꾀어냈던 정체불명의 사내였다.

세 사람은 단박에 놈의 정체가 이 이야기의 주인공임을 알 수 있었다.

"피리 부는 사나이……."

자신의 정체를 알고 있음에도 별다른 동요를 보이지 않은 그가 흰자위 하나 없는 검은 눈동자로 무심한 눈길을 보냈다.

[당신들은 이 아이들을 데리러 온 것이오?]

아이들이 헌터들을 지칭하는 것임을 파악한 박현제가 곧바로 대답했다.

"그렇습니다."

[그렇게는 할 수 없소. 좋은 말로 할 때 그냥 돌아가는 게 그대들의 신상에 좋을 것이오.]

헌터들이 일제히 컨택트를 들어 올리며 그 말이 거짓이 아님을 드러냈다.

시스템이 알려 줬던 것과 같이 저들은 피리 부는 사나이의 군사가 되어 버린 것이었다.

그러나 조금 전과 달리 박현제의 얼굴엔 여유가 흘러넘쳤다.

두 번째 이야기는 저들을 상대로 이기는 게 아니었으니까.

클리어 조건의 핵심은 성난 피리 부는 사나이의 마음을 되돌리는 것.

이를 위해 필요한 것이 바로 첫 번째 이야기에서 보상으로 주어진 금화였다.

박현제는 짊어지고 있던 자루를 앞으로 살포시 내려놓았다.

그곳에 담긴 금화가 짤그락거리며 묵직한 소리를 냈다.

"원래 시장이 약조했던 보수를 가지고 왔습니다. 그러니 노여움을 푸시고……."

[하하하하!! 시장? 그 양반은 달라고 했을 때는 제대로 주지 않더니, 아이들이 사라진 지금에 와서야 소 잃고 외양간 고치려는 것인가?]

광포한 웃음에 흠칫하지만, 박현제는 곧바로 말을 이었다.

"지금이라도 고쳐야 다음에 소가 들어왔을 때, 다시 잃어버리지 않는 법입니다. 그러니 다시 소를 데려갈 수 있는 기회를 주시길 간청드립니다."

그 말에 예의 무심한 표정으로 돌아온 피리 부는 사나이가 턱을 쓸며 생각에 잠겼고.

이내 한 가지 제안을 꺼내 들었다.

[나름 일리는 있는 말이오. 하나 과오를 되돌리기엔 그만한 대가가 따르는 법. 원래 약조했던 금화가 500개이니, 지금 당장 그 배에 달하는 1,000개를 준다면 아이들을 풀어 드리리다.]

첫 번째 이야기에서 세 사람의 수중에 떨어졌던 금화를 다 합친다고 해도 고작해야 300개.

1,000개를 주기엔 턱없이 모자랐으나, 세 사람의 표정에는 어떠한 당황도 서리지 않았다.

박현제는 자신만만하게 자루를 열며 말했다.

"여기 금화 1,000개가 있습니다. 확인해 보시지요."

피리 부는 사나이가 걸음을 내딛자 헌터들이 양옆으로 갈라지며 길을 만들었다.

뚜벅뚜벅 걸음을 옮겨 세 사람의 앞에 다가선 그는 자루 안을 헤집으며 자루에 담긴 금화를 확인했다.

눈대중으로 확인해도 300개는 훌쩍 넘는 금화.

그는 1,000개가 맞다는 듯 만족스러운 웃음을 지어 보였다.

[호오. 이 정도 양을 미리 준비해 왔다는 건, 시장도 나름 생각이 있는 양반이었던가 보오.]

"이전의 잘못을 많이 후회하고 계십니다. 그러니 이것을 받으시고 이만 노여움을 푸시길 바랍니다."

[좋소. 내 아이들을 데리고 나가는 것을 허락하리다.]

그렇게 말하는 그의 입이 괴상하게 벌어졌다.

목을 타고 나오는 검은 피리.

그것을 이용해 헌터들에게 걸린 환술을 풀어 주기 위함이었다.

하지만 그는 그 뜻을 채 이루지 못했다.

입에 피리를 가져가려는 순간, 그의 손목을 향해 한 줄기 빛이 일어났고.

촤악-!

두 동강 난 오른쪽 손목이 피리와 함께 바닥을 뒹굴었다.

[크아아악!! 이 빌어먹을 놈들!! 나를 속였구나!]

피리 부는 사나이는 분노를 표출하면서 남은 팔로 황급히 피리를 집어 들기 위해 움직였다.

하나 이를 가만히 지켜볼 세 사람이 아니었다.

홍이슬의 지팡이에 마나가 몰려들고.

꽈악-

그것은 염동력이 되어 놈이 옴짝달싹할 수 없게 옥죄었다.

[이……! 내가 무슨 잘못을 했다고 이러는 것이냐! 먼저 약
조를 지키지 않은 것은 그대들의 시장이지 않은가! 이 금화가
나의 목숨을 앗을 정도로 아까웠던 것인가!]

그 순간 짧은 단검이 놈의 심장을 찔렀다.

푸욱-

[커헉.]

단말마의 비명을 내뱉은 놈은 믿을 수 없다는 듯 붉게 충혈
된 눈동자로 앞의 사내를 쳐다봤다.

단검의 주인은 다름 아닌 김선호.

깊은 인상을 쓴 그에게서 낮은 목소리가 흘러나왔다.

"몬스터 주제에 진짜 자기가 이야기의 주인공이라도 되는
줄 아는 거야?"

"그러게요."

동감을 표하는 박현제.

그는 망설임 없이 검을 움직였다.

한 줄기 섬광이 일어나며 피리 부는 사나이의 목이 떨어져
내렸다.

그것이 테마 게이트 '하멜른의 쥐 잡이'에 보내는 이별의
인사였다.

그와 동시에 그들에게 시스템 알림이 들려왔다.

[두 번째 이야기 '사라진 아이들을 구하는 방법'이 막을 내렸습니다.]

['하멜른의 쥐 잡이' 클리어에 중대한 역할을 한 공적치에 따라 모든 스탯이 상승합니다.]

[이야기의 주인공이 죽으며 결말이 수정됩니다.]

[히든 보상으로 '전설의 피리'를 습득할 수 있습니다.]

"후……."

모든 일을 끝마쳤다는 것에 박현제가 깊은 한숨을 내쉬었다.

사실 이번 게이트의 난이도는 그리 높지 않았다.

첫 번째 이야기도 많은 인력을 동원한다면 어렵지 않게 클리어할 수 있었고, 피리 부는 사나이가 가진 힘도 대략 A급 최상위 몬스터 정도.

피리를 사용하는 순간 광역 음파와 환술을 시전하며 S급 이상의 힘을 발휘하지만, 이를 사전에 막아 낼 수만 있다면 크게 어려울 것도 없었다.

게다가 두 번째 이야기는 스토리를 이해하고 금화 1,000개만 가지고 간다면 얼마든지 피를 흘리지 않고도 쉽게 풀어낼 수 있었다.

그럼에도 군이 놈을 처치하는 방식으로 결말을 지은 이유.

그것은 발치에 널브러진 하나의 물건 때문이었다.

박현제는 잘린 손에 쥐어져 있던 피리를 집어 든 뒤 김선호에게 건넸다.

"자, 받아요."

"응? 이걸 왜 나한테 줘?"

"재건 님이 원래부터 형한테 주려던 거였어요. 성능이야 한 번 봤으니 알고 있죠?"

"그거야 알고 있지."

게이트에 들어오기 전 숙소에서 함께 봤으니 모를 리가.

피리를 부는 순간 사람들이 뭔가에 홀린 듯 그의 뜻에 따랐……

그 순간 김선호가 피리를 낚아채며 두 눈을 빛냈다.

피리 소리. 몬스터. 광역 어그로.

그것이 의미하는 바는 하나였다.

"이, 이것만 있으면……!"

소원을 이루어 줄 요술 램프, 아니 요술 피리가 손아귀에 들어온 순간이었다.

그렇게 잠시 후.

놈이 죽은 시점에서 서서히 환술이 풀리며 헌터들이 깨어나기 시작했고.

모두가 정신을 차렸을 때, 그들에 시야에 보이는 건 피리 부는 사나이의 사체와 도합 300개에 달하는 금화뿐이었다.

Chapter 72. 꼬리를 잡다

[귀신이 곡할 노릇이 아닐 수 없습니다. 게이트에 진입했던 헌터들의 증언에 따르면……]

테마 게이트와 관련된 뉴스가 쉴 새 없이 쏟아 낸다.

또한 협회 관계자로 보이는 이가 피리 부는 사나이 하우스 앞에서 연신 고개를 숙이며 사죄의 뜻을 내비쳤다.

40년 만에 독일에 생긴 테마 게이트.

생성된 지 일주일도 채 되지 않은 그것이 사라져 버렸기 때문이었다.

자국은 물론이고, 세계의 이목을 집중시켰던 것치고는 너무도 허망하게 막을 내린 것이었다.

게이트 생성 당시에만 촬영을 허락하고 이후부턴 '위험'이라는 명목하에 기자들을 통제했던 협회에 여론의 뭇매가 쏟아진 건 당연한 수순.

독일의 헌터 협회로서도 당황스럽기는 마찬가지였다.

진입했던 헌터들은 쥐를 잡고 있던 것밖에 기억이 나지 않다고 하지를 않나.

밖에서 대기하던 이들은 '괴인'을 본 게 마지막이라고 하지 않나.

어떻게 된 일인지 명쾌하게 설명해 줄 수 있는 이가 아무도 없었다.

그렇다고 그 사실을 외부로 공개할 수도 없는 일.

자신들의 무능력함을 대놓고 알리는 꼴이었으니 말이다.

지금 할 수 있는 것이라고는 그저 고개를 숙이며 저들의 분이 가라앉기만을 기다리는 것뿐이었다.

그런 협회 관계자의 모습을 턱을 괸 채 안타깝다는 눈빛으로 바라보는 사내.

어느새 게스트 하우스로 돌아온 박현제였다.

"이러니까 내가 꼭 범죄자라도 된 거 같네."

"범죄자가 맞긴 하지. 그것도 남의 나라까지 와서 범죄를 저지른 국제사범이야."

"좋은 게 좋은 거라고. 우리가 저 사람들을 구해 준 거라고 생각해요."

등 뒤로 들려오는 음성.

고개를 돌려 바라보니, 침대에 벌러덩 드러누운 김선호와 홍이슬 또한 동의를 표하고 있었다.

비록 대의를 위해 왔다곤 하나, 왠지 모를 죄책감이 남는 것은 어쩔 수 없었고.

그 탓에 두 사람 역시 씁쓸한 미소를 머금고 있었다.

괜히 밖을 보고 있으면 그런 감정이 격해질 것이라 생각돼 재빨리 창문을 닫는 박현제.

그가 다시금 동료들을 돌아보며 말했다.

"몸은 좀 어때요?"

"누워 있으니 그나마 살 거 같아요."

"나이를 먹어서 그런가, 삭신이 쑤시네."

그나마 웨펀 브레이크만 사용한 박현제였으니, 홍이슬이 겪는 고통에 비하면 적을 수밖에.

휴식을 취하지 않으면 도저히 회복이 될 것 같지 않아 최대한 몸을 편안하게 누이고 있음에도 피로감은 여전했다.

클리어 조건을 알고 있었고, 생각보다 난이도가 높지 않았지만 한꺼번에 마나를 소모한 탓에 무리가 왔던 것.

물론 그 옆에 누워 있는 김선호는 상황이 달랐다.

"형은 자처해서 그렇게 된 건데, 나이 탓은 무슨."

"뼈 때리지 마. 안 그래도 아프니까."

저 중증은 과연 언제쯤 고쳐질까.

그런 상상을 하며 고개를 가로저은 박현제가 다른 화두를 꺼내 들었다.

"그보다 이제 우리는 한국으로 가는 건가, 아니면 미국으로 가는 건가?"

"재건 님이 연락 준다고 했으니까, 좀 쉬면서 기다려 봐요."

그 순간.

위이이잉-

창가에 올려 뒀던 휴대 전화에서 진동이 울렸다.

박현제는 피식 웃으며 그것을 집어 들어 보였다.

"우리 재건 님도 양반은 아니네. 타이밍 칼 같은 거 봐."

그리고는 통화 버튼을 눌러 전화를 받았다.

"어떻게 딱 클리어한 거 알고 이 시간에 전화를 하신 겁니까? 혹시 어디 숨어서 몰래 지켜보고 있는 거 아니죠?"

-현제야. 너 그거 진심으로 물어보는 거 아니지?

"네? 진짜 궁금해서 물어보는 건데요?"

-아, 진심이었구나. 나는 우리 현제가 이렇게 똑똑한 줄 몰랐네.

"……?"

갑작스러운 칭찬에 박현제의 눈이 의문을 그릴 때, 재건의 말이 이어졌다.

-그곳이 클리어됐다는 건 인터넷을 할 줄 아는 사람이면

누구나 알 텐데 말이야.

"아……."

따로 질타는 안 하지만, 수화기 너머로 한숨 소리가 흘러나온다.

자신의 모습이 얼마나 한심하게 비춰졌을까를 생각하니 헛웃음만 나올 뿐이었다.

"하하하…… 장난해 본 겁니다."

-그치? 장난이었지? 난 또 머리를 장식으로 달고 다니는 줄 알고 그런 거추장스러운 거 떼어 버리려고 했지.

"말씀을 해도 참 그렇게 살벌하게 하시는지. 그래서 저희 이제 어디로 가요?"

-말 돌리기는. 피리는 얻었지?

재건의 물음에 그의 고개가 돌아갔다.

김선호의 옆에 가지런히 놓인 검은 피리.

목표로 했던 것은 제대로 가지고 나온 상태였다.

"그럼요."

-잘했어. 그럼 잘 챙겨서 다시 한국으로 돌아가 있어. 언제 또 무슨 일이 일어날지 모르니까, 한국도 비워 두면 안 되겠어.

재건의 말에 박현제의 시선이 홍이슬에게 향했다.

며칠 전 한국에서 일어난 변고.

많은 인명 피해가 발생했던 사고이니만큼 슬픔을 겪은 사람들도 많았지만, 무엇보다 가장 가까이에 있는 슬픔은 그녀였다.

다시는 이와 같은 비애를 느끼게 하고 싶지 않다는 생각을 하며 박현제가 고개를 끄덕였다.

"그렇게 하겠습니다."

같은 시각.

통화를 끊은 재건은 경비행기에서 내리며 주위를 둘러봤다.

그러자 한 금발 여성이 후다닥 달려와 그를 맞이했다.

"허억, 허억. 생각보다 일찍 왔네?"

카차노프였다.

재건은 인상을 찌푸리며 불만을 잔뜩 토해 냈다.

"브론은 어디 가고, 네가 나와?"

"브론? 그게 누군데?"

카차노프가 그의 진명을 모른다는 사실을 깜빡한 재건은 말을 수정했다.

"아, 잠깐 다른 생각을 하다가 잘못 말했다. 차르는 어디 가고 네가 나와?"

"차르 님? 와~ 귀요미. 나 같은 미녀를 눈앞에 두고도 그분을 찾는 거야? 말 섭섭하게 하네?"

"미녀 같은 소리 하지 말고, 묻는 말에나 답해."

재건의 차가운 대답에도 카차노프는 개의치 않고 씨익 웃으며 대답했다.

"까칠하긴. 뭐 이런 게 네 매력이긴 하지. 그리고 차르 님이 나 같은 말단이랑 같은 줄 알아? 엄~~청 바쁘시다고."

"헛소리. 그 성격에 나서서 하는 일이 얼마나 된다고. 또 어디 구석에 처박혀서 혼자 훈련이나 하고 있겠지."

브론이 가진 강함의 원천은 바로 미친 듯한 훈련.

누가 시켜서가 아니라 자신의 만족을 위해서 부단히 노력하는 인물로 평이 자자했다.

날카로운 전투 감각을 유지하기 위해, 어떤 상황이 닥쳐도 맞대응할 수 있도록 자신뿐 아니라 팀원들까지 혹사시키기로 유명했으니까.

하나 아무리 그게 사실이라 해도 이를 입 밖에 꺼내는 건 자살행위나 다름없는 일.

카차노프가 기겁하며 재건의 입을 틀어막고는 주위를 두리번거렸다.

"제정신이야?! 여기서 차르 님을 욕하면 어떻게 되는지 몰라서 그래! 죽을 거면 혼자 죽으라고!"

"지극히 제정신이다. 애초에 날 여기로 부른 게 그놈인데, 당연히 당사자가 마중 나와야 되는 거 아니야?"

"아니! 그런 무데뽀 정신도 사람 봐 가면서 하자 쫌!"

답답하다는 듯 한숨을 푹 내쉰 그녀가 재건을 째려보며 말을 이었다.

"일단 가면서 얘기해. 차르 님을 기다리시게 만들 수는 없으니까."

재건은 고개를 끄덕이며 카차노프가 준비해 온 차에 올랐다.

그렇게 한참을 달려 두 시간이 흘렀을 무렵.

차는 한 게이트 앞에 당도하고 나서야 브레이크를 밟았다.

근처를 에워싼 채 포진해 있는 헌터들.

그들은 운전자가 카차노프임을 확인하고는 아무 말 없이 길을 열며 게이트를 가리켰다.

"안에 계시니 들어가 보도록."

말단에 불과한 카차노프는 그들에게 고개 숙여 인사하고는 재건을 그곳으로 안내했다.

그런 그녀를 따라 게이트 내부에 들어선 재건이 뒤돌아 출입구를 바라보며 헛웃음을 흘렸다.

"허, 이게 뭐야?"

자신이 지나온 것은 게이트의 출입구가 아니었다.

표현하자면 문이 아닌 문이랄까.

밖에서 보면 영락없이 게이트에 들어가는 것처럼 보이겠지만, 실제로는 게이트가 아닌 그저 홀로그램 하나를 지나가는 것에 불과했다.

분명히 동일한 외형에 같은 마나를 발산하고 있었음에도

불구하고 말이다.

반면 눈앞에 펼쳐진 광경은 흔한 게이트 내부와는 궤를 달리했다.

수많은 기계들이 마치 거미줄처럼 복잡하게 얽혀져 있었던 것.

카차노프가 자랑스럽다는 표정으로 설명을 덧붙였다.

"어때? 대단하지? 나름 우리만의 시설 은폐 방법이야."

"별걸 다 만들었네. 마도공학 뭐 그런 거야?"

"자세한 건 나도 잘 몰라. 딥 블루 내 연구진에서 개발했다고는 하는데, 또 들리는 소문에 의하면 어디에서 기술을 훔쳐왔다는 소리도 있어."

앞서 가는 카차노프를 뒤따라 걸으며, 재건이 주위를 관찰했다.

누군가에겐 한없이 꺼림칙하게 다가왔을 법한 상황이지만, 재건은 그것을 철저히 무시하고도 남을 정도의 무력의 보유자.

그에겐 지극한 여유로움이 흘러나왔다.

그리고 얼마 뒤, 한 사내가 두 사람을 맞이했고.

카차노프는 황급히 무릎을 꿇었다.

"분부하신 대로 이재건을 데리고 왔습니다."

"고생했다."

재건은 그런 그가 불만족스럽다는 듯 눈살을 찌푸리며 말했다.

"바빠 죽겠는데 사람을 왜 오라 가라야?"

그의 무례한 언행에 카차노프가 화들짝 놀라며 일어나려 하지만, 브론은 이런 반응을 예상하고 있었다는 듯 손을 내저었다.

"됐다. 그는 나는 물론이고, 딥 블루 전원이 상대해도 어쩌지 못할 힘을 소유하고 있으니, 앞으로 너도 이에 적응해야 할 것이다."

"……!"

SS급 헌터가 되고 강하다는 소식을 듣긴 했지만, 무력으로는 가히 하늘의 경지에 다다랐다는 차르가 저토록 쉽게 자신과 딥 블루의 낮음을 시인하다니.

빈말을 하지 않는 성정임을 생각하면, 이는 거짓이 아니라는 뜻이었다.

카차노프는 동공에 지진이 일어나며 자신이 했던 행동에 대해 되짚었고.

버릇없이 대해 왔던 과거가 주마등처럼 머릿속을 스쳐 지나갔다.

'미쳤어! 나 이러다 죽는 거 아니야?'

그녀가 괜한 걱정을 하는 사이, 그에 대한 관심이 전혀 없는 재건은 브론을 향해 말을 이었다.

"이런 요상한 시설이나 자랑하려고 부른 건 아닐 테고. 무슨 일인데?"

"내게 진 빚을 갚을 때가 왔다."

그 순간 재건의 눈동자가 빛났다.

정보력에 있어서 둘째가라면 서러운 위치에 있는 데다가 어디 내놔도 힘으로도 꿀리지 않을 그가 빚을 갚으라 한다?

"네가 해결하지 못할 일이 생겼다, 이건가?"

"따지자면 그렇게 생각할 수도 있겠군. 그들이 가진 힘이 파악되지 않으니."

"음?"

재건이 의문을 표하자 브론은 자신의 뒤로 시선을 옮기며 대답했다.

"네게 구매했던 크라켄. 우리는 그것으로 하나의 결과물을 만들어 냈다. 지속적인 자가 회복력을 지니게 하지는 못하지만, 힐러가 없어도 웬만한 부상쯤은 회복할 수 있는 약이지."

"듣던 중 반가운 소리네."

원래였다면 크라켄을 이용한 연구는 실패로 돌아갈 수밖에 없었다.

한데 재건이 개입하며 언질을 줌으로써 기존 연구의 방향이 틀어졌고, 다른 쪽으로 성공을 거둔 것이었다.

"그래서?"

"우리 중에 스파이가 있었다. 그리고 완성된 약물 하나를 가지고 도주했지. 놈의 근거지를 파악하고 회수 조를 파견했지만, 아무도 돌아오지 못했다."

그 순간 재건의 뇌리에 한 가지 생각이 스쳤다.

딥 블루의 정보력으로도 파악되지 않을 무력 집단.

게다가 회수 조를 제압할 정도의 힘을 가진 놈들이라는 것
에 떠오르는 것이 있었다.

'엄국진.'

아니, 이곳은 러시아이니만큼 엄국진이 개입됐을 확률은
적다.

하지만 다른 나라에도 그와 관련된 균열이 발생했다는 것
을 감안했을 때, 그가 속한 집단이 러시아에도 뙈리를 틀고
있을지 모를 일이었다.

재건은 부디 그가 정체불명의 집단과 연관되어 있길 바라
며 말했다.

"그걸 나보고 회수해 오라 이거지? 그런데 어디 있는지 알
고? 회수 조가 돌아오지 못했다는 건, 위치가 발각된 놈들이
이미 도망갔을지도 모른다는 거 아닌가?"

"그것까지 다 파악해 뒀으니 걱정할 것 없다. 나와 함께 갈
것이다. 배신자는 내 손으로 직접 처단해야 하니."

"쫄아서 날 불러 놓고는 이제 와서 대담한 척하기는."

재건의 비웃음 섞인 말에도 브론은 무표정한 얼굴로 대답
했다.

"적의 역량이 제대로 파악되지 않은 시점에서 무리할 필요

를 느끼지 못했을 뿐이다. 지금이 아니면 너라는 좋은 카드를 쓸 데가 딱히 없을 것 같기도 하고 말이지."

"큭. 그래, 그렇다고 치고 얼른 가자고. 나도 확인하고 싶은 게 있으니까."

◇ ◆ ◇

군용 트럭을 타고 목적지로 이동하는 도중 재건이 브론을 향해 말했다.

"그런데 내가 아니라 트람킨이나 러셀이랑 같이 가도 되는 거 아니었나? 상대가 어떻든 그 두 사람이면 충분할 텐데?"

"아니, 충분하지 않다. 너도 알고 있을 텐데? 얼마 전 한국에서 있었던 일. S급 헌터들 몇이 있었음에도 홍한수가 죽었다. 상대의 전력을 파악하지 못했기 때문이지. 이번에도 마찬가지다. 뻔히 위험 요소가 존재하는 곳에 무방비하게 뛰어들 필요는 없지. 지금은 압도적인 무력이 필요한 때다."

그의 말이 끝남과 동시에 차가 한 터널을 목전에 두고 멈춰 섰다.

"내려라. 여기서부터는 기척을 숨기고 걸어가야 하니."

재건은 대답 대신 손가락으로 OK를 그려 보였고.

순식간에 남들이 헌터라고 인지하지 못할 수준으로 마나를 억눌렀다.

159

그러자 브론이 짧은 헛기침을 했다.

자신은 최선을 다했음에도 미세한 마나가 새어 나오는 반면, 그보다 방대한 힘을 가지고 있는 재건에게서는 마나의 흔적을 찾아볼 수 없었기 때문이다.

내심 속으로 감탄한 그는 터널을 향해 걸음을 내디뎠다.

재건은 말없이 그를 뒤따랐고.

중간 지점에 다다랐을 때, 브론이 한 문 앞에 서며 나지막하게 말했다.

"여기다."

"그렇네. 한 네다섯 명 있는 거 같은데?"

"그런 것까지 느껴지나? 여기서부터는 조용히……."

자신의 공간 능력을 이용해 조용히 잠입하자고 말하려던 브론.

하지만 그는 말을 끝까지 잇지 못했다.

콰아앙!!

재건이 문을 발로 차 버린 것이었다.

브론을 지나쳐 안으로 들어선 재건은 로브를 쓴 남자를 발견하고는 한쪽 입꼬리를 올렸다.

"찾았다. 이 개새끼들."

이름 모를 도로에 자리 잡은 터널.

토종 한국인인 재건이 한국도 아니고, 러시아에서도 변방에 위치한 이곳이 어디인지는 알 턱이 없었다.

때문에 브론의 입장에서는 그저 자신과의 약조를 지키기 위해 딥 블루에서 개발한 신약을 되찾는 데 동행한 것에 지나지 않았다.

하나 그것은 순전히 브론의 입장에서 생각한 것이었을 뿐.

이곳이 실제로는 러시아 정부에서 운영하는 비밀스러운 단체일지도 모른다는 것.

혹은 딥 블루와 경쟁하며 세계를 놀라게 할 신약을 개발하던 민간 업체일 수도 있다는 것.

그리고 회귀 전과는 다른 변수가 이곳에서 꿈틀대고 있을지도 모른다는 사실은 알 바가 아니었다.

재건이 브론의 제안을 기꺼이 응낙한 이유는 오직 하나.

아무리 급조된 팀이었다고는 하나 딥 블루에서 편성한 회수 조를 한 사람도 돌려보내지 않을 정도로 강한 힘을 지녔다는 것.

즉, 그 힘의 원천이 정체불명의 집단과 연관이 있느냐 없느냐 뿐이었고.

문을 박차고 들어간 재건의 눈앞에는 그 진위 여부가 현실이 되어 나타났다.

"찾았다. 이 개새끼들."

로브를 뒤집어쓰고 있는 남자.

놈이 시선을 돌려 사태를 파악하기도 전에 재건의 신형이 사라졌고.

침입자라는 것을 깨닫고 그것에 응수하기도 전에, 놈의 입은 손바닥에 막히고 시야는 손가락으로 가려졌다.

"일단 좀 맞자."

콰아앙!!

옴짝달싹도 못 한 채 그대로 벽에 처박힌 놈이 고통스런 숨을 토했다.

"커헉."

"이 정도 가지고 엄살떨기는."

재건은 거기서 멈추지 않았다.

왜?

수많은 은거지 중 하나로 추정되는 이곳은 탐색을 차단시키는 설비를 갖추고 있었다.

그 말인즉, 밖에서 재건이 느꼈던 것보다 월등한 힘을 갖고 있을 확률이 높다는 것.

얼핏 느꼈을 때에도 A급에 달했던 놈이 고작 벽과 충돌한 정도로 전투 불능의 충격을 받았다기엔 무리가 있다는 뜻이었다.

빠가가각-!

일순의 움직임으로 양팔과 양다리 뼈가 산산조각 난다.

대번에 밀려드는 격통의 쓰나미는 비명조차 잠식시켰고, 눈이 뒤로 뒤집히게 만들었다.

믿을 수 없는 이 순간을 부정하려는 듯 혼절하려는 로브.

하지만 안타깝게도 재건은 그마저도 순순히 허락할 생각이 없었다.

"지랄하네. 누가 허락도 없이 마음대로 기절하래?"

들어오기 전 심연 깊숙한 곳까지 억눌렀던 마나가 해방됨과 동시에 포탄과 같은 폭발이 일어난다.

그가 서 있던 자리에 작은 크레이터가 생겨나고, 웬만한 충격에도 끄떡하지 않을 특수 설비로 도배된 기지가 격하게 진동했다.

그사이 놈의 심장 위에 올려진 재건의 손바닥.

이내 그 웅혼한 마나가 재건의 체내에서 급류를 일으키며 팔을 타고 흘러나왔다.

파앙-!

"크허억!"

뒤집힌 눈으로 몸의 통제권을 상실하려던 놈은 심장에 가해진 충격에 붉은 선혈을 한 움큼 토하면서도 정신을 되찾았다.

이내 재건을 마주하는 두 눈에 지진이 일어났다.

정신을 되찾았다고 해서 그가 할 수 있는 것은 아무것도 없었다.

오히려 깨끗해진 정신이 작금의 현실을 인지하게 만들었고, 눈앞의 사내에게서 전해지는 웅혼한 힘에 몸을 바르르 떨었다.

발가벗겨진 채 혹한을 마주한 사람처럼 빠른 속도로 치아가 부딪친다.

재건은 그런 놈을 무표정한 얼굴로 바라보며 말했다.

"너한테 물어볼 게 아주 많아. 조금만 기다리고 있어라."

놈을 털썩 떨어뜨린 그가 시선을 옆으로 돌렸다.

내부로 들어서기 전 느꼈던 기운은 총 네다섯.

그들이 침입자의 존재를 알아채고 이곳으로 달려오고 있었다.

굳이 기다릴 필요성을 느끼지 못한 재건은 좁은 통로로 걸음을 옮겼다.

한데 그곳으로 들어서고 몇 걸음 지나지 않은 순간.

무언가 딸깍거리는 소리가 들리는 것과 동시에 무수히 많은 화살이 재건을 향해 빗발쳤다.

푸슈슈슈슉-!

성인 남성 한 명이 간신히 걸어갈 정도로 비좁은 통로.

화살은 그곳을 쥐 한 마리 통과할 수 없을 정도로 빼곡하게 뒤덮은 채 쏘아져 오고 있었고.

하나도 빠짐없이 각 촉마다 보라색 액체가 진득하니 묻어져 있었다.

"환영 인사치고는 좀 거창하네."

하나 재건의 눈에는 한없이 느려 보이고, 별다른 위협도 되지 않는 화살들.

무심하게 손을 휘젓자 파공성을 그리던 화살들이 우수수 추락해 지면에 나뒹굴었다.

재건이 입꼬리를 씨익 말아 올리며 사라진 것도 동시.

타앗-!

순식간에 긴 통로를 돌파해 끝에서 모습을 드러냈다.

내뻗어진 그의 손에는 다른 로브의 얼굴이 잡혀 있었고.

콰아앙!!

붙잡힌 머리는 거센 소리를 동반하며 여지없이 벽에 처박혔다.

그 순간 재건을 향해 한 줄기 섬광이 날아들었다.

"오?"

놀랍다는 표정을 그린 재건이 수중에 붙들린 놈을 쇄도해 오는 쾌검을 향해 내던졌다.

촤악-!

그를 따라 로브가 베이고, 등줄기에 기다란 검상이 새겨진다.

피가 튀어 오르는 것이 늦을 정도의 예리한 검격.

한데 그보다 더욱 놀라운 것은 어쩌면 치명상에 가까울 공격을 허용하고도 멀쩡히 일어서는 로브의 모습이었다.

별다른 기색 없이 일행들의 곁으로 이동해 자리 잡는 그.

재건이 흥미가 동한 눈빛으로 눈앞의 존재들을 지그시 응시했다.

얼굴을 잡고 있는 놈까지 합하면 인원은 총 넷.

모두가 거추장스러운 로브를 뒤집어쓰고 있었다.

그중 한 남자의 입이 열리며 영어가 흘러나왔다.

"이재건…… 여긴 어떻게 온 거지?"

"뭘 어떻게 와. 차 타고 왔지. 날아왔을까 봐?"

재건의 이죽거림에도 그는 안색 하나 변하지 않고 담담한 음성을 토해 냈다.

"어찌 됐든 상관없겠지. 넌 천공께서 예의 주시하고 있는 인물. 네 시체를 가지고 간다면, 공로를 인정받을 수 있겠군."

"넌 그 천공이란 놈이 어디 있는지 아나 보네?"

"말조심해라. 그 하찮은 주둥아리에 담을 수 있는 분이 아니시다."

"하아…… 하여간 누가 광신도 새끼들 아니랄까 봐 상황 파악은 못 하고, 욕하는 것에만 귀를 기울이지. 이런 놈들한테 기대한 내가 바보지. 우리 사이에 대화가 너무 길었네. 그치?"

"동감한다. 온몸의 신경을 끊어 버리고 나눠도 될 대화에 무의미한 시간만 낭비했군."

그것이 신호탄이라도 된 듯 네 사람의 신형에서 마나가 피어올랐고.

피부에 닿는 기운을 느끼며 재건은 또다시 놀랄 수밖에 없었다.

'이것 봐라?'

앞서 손봐 줬던 놈의 수준은 기껏해야 A급 막바지.

그에 반해 눈앞의 네 명 중 두 놈은 이미 S급 경지에 올라서 있었다.

파면 팔수록 신기함의 연속이었다.

드러난 수준은 A급이지만, 이를 뛰어넘고도 남을 엄국진.

금강 가주 황진욱을 뚫고 홍한수를 죽였다는 전 검성 우병호.

거기에 눈앞의 두 명까지.

정체불명의 단체에 속해 있는 S급 존재가 최소 넷이다.

실체가 드러나지 않았으니 이보다 많을 것은 불을 보듯 뻔한 일이었다.

'도대체 언제부터 힘을 키우고 있던 걸까?'

얼마나 오랜 시간 음지에 숨어 신도들을 모으고 있었길래, 겉으로 드러나지 않은 채 S급 헌터들을 이토록 많이 모을 수 있었던 것일까.

생각이 꼬리에 꼬리를 물며 끝도 없는 의문을 자아냈다.

그러는 사이, 한 놈의 팔이 꿈틀거렸다.

검이 들어 올려지는 궤적, 팔을 타고 내뿜어지는 마나는 날카로운 일검을 만들어 내기에 충분해 보였다.

하나 그것을 가만히 지켜볼 재건이 아니었다.

타앙-!

돌연 총성과 같은 소음이 일어났고.

검을 들던 놈은 미처 뜻을 이루지 못한 채 어깻죽지가 떨어져 나갔다.

"끄어억."

"......!"

기세를 피워 올리던 이들은 한순간에 얼어붙을 수밖에 없었고.

재건은 그런 그들을 보며 검지를 까딱거렸다.

"자, 다음."

"건방 떨지 마라!"

외팔이가 된 사내가 격분을 토하며 입안에 감춰져 있던 무언가를 씹었다.

까득

직후 그의 몸에서 이전과는 차원이 다른 마나의 파장이 일어났다.

재건은 저것의 정체가 브론이 말했던 것임을 알 수 있었다.

"엄국진만 있는 줄 알았더니, 너희도 갖고 있었냐? 이참에 시간 줄 테니까 한번 다 먹어 봐."

그 제안에 로브들의 시선이 한곳으로 쏠렸다.

바로 조금 전 재건과 영어로 대화를 나눴던 이를 향해.

반면 그는 재건을 응시하고 있을 뿐이었다.

단순히 만용이라 치부하기엔 상황이 가볍지 않았던 것이다.

바닥에 나뒹굴고 있는 팔의 원주인인 사내는 S급에 다다른 이후부턴 속도에서는 동급의 누구에게도 밀리지 않는다 자신하는 사제였다.

하여 유려한 합을 그려 내기 위해 선공 역할을 맡게 되었고, 극도의 쾌검으로 적의 자세를 무너뜨린 뒤에 다음 공격을 이어 나가려던 게 기존의 계획이었다.

한데 그것이 빛을 발하기도 전에 무력화돼 버린 것이었다.

문제는 그뿐만이 아니었다.

일격에 팔이 떨어져 나갈 정도의 강한 힘이 발휘됐음에도 아무것도 보지 못했다는 것.

재건은 한 발자국도 움직이지 않고, 제자리에 있었다.

어떤 수작을 동반한 것인지는 알 수 없으나, 그게 아니더라도 재건이 상정을 뛰어넘는 힘을 지녔다는 것은 틀림없는 사실이었다.

'SS급 헌터는 모두 이런 힘을 지녔단 말인가?'

세계를 통틀어 SS급 헌터는 재건을 포함해 다섯 명.

그들이 모두 이와 같은 힘을 지녔다면 훗날 엄청난 걸림돌이 될 것임에 분명했다.

위험이 될 존재는 기회가 왔을 때 미리 제거해 놓는 것이 좋을 터.

지금 상태로는 승산이 없다 판단한 남자는 일체의 고민 없이 고개를 끄덕였다.

이에 다른 이들이 일제히 입안에 머금고 있던 것을 깨물었고, 들끓는 마나에 만족한 표정을 지어 보였다.

그것은 난생처음 신물을 복용한 남자도 마찬가지.

덧없이 가벼워지는 몸과 모든 것을 부숴 버릴 수 있을 것만 같은 힘이 느껴진다.

'이 정도면……!'

한껏 고양된 사기에 남자의 입이 열렸다.

"죽여 버려!"

파앙-!

마나의 폭발이 일어나며 세 사람이 재건을 향해 쇄도했다.

오랜 시간 합을 맞춰 온 것처럼 정교한 그들의 움직임.

왼쪽을 파고드는 검격에 재건의 신형이 기울어질 때면 중앙에서 빛이 생성된다.

순간 시야가 가려지고, 그것이 회복될 때에는 이미 양옆에서 피할 수 없는 공격이 짓쳐들어오고 있었다.

그러나.

그것은 어디까지나 다른 사람의 기준에서 봤을 때.

벼락처럼 쏟아지는 검들을 쳐 내는 것은 재건에게 그리 어렵지 않은 일이었다.

스으응-! 채채채챙-!

목숨이 위태로워 보이는 상황에서도 그는 급하지 않고 침착했으며, 한 치도 어긋나지 않는 정교한 움직임을 선보였다.

상체를 꺾어 흘려보내는 검이 다른 검과 부딪히게 하고, 발을 들어 올려 손목을 차 버린다.

자리를 빼곡하게 수놓는 검혼들 중에 그의 몸을 스치는 건 단 하나조차 없었다.

그때 위쪽에서 무언가가 떨어지는 것을 느낀 재건이 고개를 뒤로 젖혔고.

치이익-

가까스로 얼굴을 스쳐 지나간 그것이 땅에 떨어지며 강렬한 연기를 뿜어냈다.

"이건 좀."

용암이었다.

드래곤 비늘 슈트라면 충분히 막아 낼 정도의 저항력을 지녔겠지만, 슈트가 타는 것에 트라우마가 있는 재건은 뒤로 몸을 내뺐다.

이대로 맨주먹을 사용해도 상대가 되지 않을 놈들이었지만, 용암이 닿는 것을 미연에 방지할 필요가 있었고.

재건은 아공간을 열어 무언가를 꺼내 들었다.

이내 모습을 드러내는 칠흑같이 검은빛을 띤 검 한 자루.

얼마 전 릴리스의 레어에 들렀을 때 얻었던, 광룡의 발톱을 압축해 만들었다는 검이었다.

그때는 잠깐 손에 쥐어 봤던 게 전부라 실전에서 사용해 본 적은 전무한 상황.

이에 재건은 테스트나 할 겸 허공에 가볍게 휘둘렀는데.

"……!"

171

직후 예상과는 다른 광경이 펼쳐졌다.

검은 재건의 의지와는 다르게 마나를 빨아들이며 초승달 모양의 검기를 만들어 냈고.

그것은 쇄도해 오던 두 로브에게 쏘아져 갔다.

그리 빠르지도 느리지도 않은 검기.

한껏 힘에 심취한 둘은 공중에서 검을 휘두르며 그에 상응하는 검기를 생성해 냈다.

크기도 두께도 비슷한 검기와 검기의 충돌!

하나 그 결과는 판이하게 달랐다.

파지지직!

검은 검기는 앞을 가로막는 검기를 두부처럼 잘라 내는 것으로도 모자라 그것들의 기운 중 일부를 흡수하며 더욱 날카로워졌고.

서걱-

섬뜩한 소리를 내며 지나간 검기는 모양 그대로 벽을 잘라 버렸다.

구구구궁-

뒤이어 지진이라도 일어난 것처럼 천장에서 돌가루가 떨어지고, 곧 무너질 것처럼 벽에 금이 간다.

터널 안, 산 아래에 만들어진 시설인 만큼 검기가 베고 간 충격이 고스란히 시설의 붕괴로 이어진 것이다.

그것과 마찬가지로 자신감이 무너져 내려 버린 로브의 남자가 허망한 눈으로 정면을 응시했다.

신물까지 사용하며 상대했으나, 단 일격에 두 사제가 상체와 하체가 분리된 채 바닥을 뒹굴고 있었다.

그것도 힘 하나 들이지 않은 듯한 휘두름이 만들어 낸 결과였다.

만일 심상치 않음을 느끼고 대응하려는 생각을 버린 채 회피에 전념하지 않았다면 자신 또한 저 꼴이 되었을 터.

"컥!"

어느새 앞에 나타난 재건에 의해 목이 붙들린 그.

이 순간 그의 머릿속엔 단 하나의 생각밖에 없었다.

재건은 감당할 수 없는, 아니 무슨 수를 써서라도 마주쳐선 안 되는 존재였다는 것이었다.

그런 그를 일별한 재건이 고개를 돌렸다.

"브론."

엉겁결에 전투는 참여하지 못하고, 처음부터 모든 광경을 지켜보고만 있었던 브론은 자신을 부르는 소리에 놀란 표정으로 대답했다.

"마, 말해라."

"공간 열어. 무너지기 전에 나가게."

당장이라도 무너져 내릴 듯한 이곳에서 벗어나야 하는 것은 당연한 일.

하여 시키는 대로 공간을 열었지만, 브론의 얼굴에는 여전히 의문이 남아 있었다.

"이자와 저자는 어쩔 생각인가?"

브론의 손엔 입구에서 때려잡았던 인물이 들려 있었고.

그의 시선은 저 멀리 하나밖에 남지 않은 팔로 검을 쥐고 있는 사제를 향하고 있었다.

"내버려 둬. 여기가 놈들의 무덤이 될 테니까."

그렇게 말하며 브론이 열어 놓은 공간으로 발을 내딛는 재건.

그의 뒷모습을 바라보는 브론의 눈빛은 좀체 진정될 기미를 보이지 않았다.

"내가 지금 뭘 본 거지?"

그 누구도 쉽게 믿지 못할 기사(奇事)였으니까.

쾅아아앙!!

거친 굉음과 동시에 격한 진동을 동반한 산사태가 일어난다.

그에 따라 터널을 지탱하는 내벽에 금이 가고, 산이 폭삭 내려앉기까지는 그리 오랜 시간이 걸리지 않았다.

작은 균열도 무시할 수 없을진대, 빈틈없이 빼곡하게 금이 갔으니 당연한 수순이었다.

그 아래에 있던 군용 트럭이 돌덩이와 흙에 깔려 종잇장처럼 짓뭉개지는 모습은 한 사내의 감탄을 자아냈다.

"와, 역시 인간은 자연을 이길 수 없어. 그치?"

아무리 인간이 대단하다 한들, 대자연의 힘 앞에선 버틸 재간이 없을 터였다.

그렇게 재건이 놀란 반응을 내비치는 사이.

옆에 선 브론의 시선은 어느새 완전히 막혀 버린 터널에 닿아 있었다.

가지런히 포장된 도로에 터널까지 뚫려 있다는 건 나름 이곳을 지나다니는 차량이 있다는 뜻.

반면 천운이 따른 것인지 아니면 타이밍이 좋았던 것인지는 모르겠지만, 다행스럽게도 주위에 접근했던 이는 없는 듯했다.

한 사내의 손에 만들어진 인공 자연재해에 피해를 입은 것은 자신이 애지중지하는 애마 하나뿐이었다.

"잘도 자연 같은 소리를 하는군. 무식한 검기 때문에 벌어진 일을. 네놈은 그 좁은 곳에서 그토록 방대한 힘을 표출하고 싶었나?"

"그건 말이야 설명하자면 복잡한데…… 일부러 그런 건 아니라는 것만 알아줘. 굳이 따지자면 힘 조절에 실패했다고나 할까? 뭐, 이 정도면 싸게 먹힌 거 아니겠어?"

S급 이상의 힘을 지닌 헌터끼리 사활을 건 격돌을 벌였다.

그것도 일대일이 아닌 일 대 다수의.

게다가 놈들 중 한 명이 사용했던 특성인지 스킬인지 모를 것 중에는 특수 광물조차 손쉽게 녹여 버릴 정도의 초고열을 품은 용암도 있었다.

그런데 아주 작은 산 하나가 무너져 내리는 것으로 결판이 났다?

압도적인 힘을 지닌 재건이기에 가능한 일이었지, 만일 팽팽한 대립이 지속됐다면 이 일대가 쑥대밭이 되고도 남았을 터였다.

천하의 브론도 그것에는 반박하지 못했다.

그저 자신의 애마가 박살 난 것에 '다른 데에 세워둘걸.' 하는 회의감이 밀려들 뿐.

진심을 동반해 가슴 깊은 곳에서 우러나는 한숨을 내쉰 그가 씁쓸한 표정을 거두며 재건에게 물음을 던졌다.

"저 밑에 깔린 놈들이 죽었을 거라고 확신하나? 바퀴벌레처럼 아득바득 기어 나오면 어떡할 건가?"

"새삼스럽게 뭔 그런 걱정을. 글쎄, 인간은 자연을 이길 수 없다니까 그러네. 조금 전에 어렴풋하게 느껴지던 생기(生氣)마저 지워졌으니 걱정할 필요 없어."

브론은 눈썹을 추켜올리고 있는 재건을 보며 생각했다.

'에베레스트 밑에 깔려도 살아남을 것 같은 놈이 무슨.'

그러나 그 말을 구태여 입 밖으로 꺼내지 않고 마음속 깊은 곳에 고이 접어 두었다.

재건이 목을 움켜쥐고 있던 사내를 바닥에 풀썩 떨어뜨리며 이 사태의 끝을 매듭지으려 했기 때문이었다.

다리에 힘이 풀려 그대로 주저앉은 놈은 재건과 시선을 마주칠 엄두도 내지 못한 채 고개를 떨궜다.

신물을 복용했음에도 좁힐 수 없는 간극을 몸소 깨달았기 때문이었다.

고개를 들어 바라본다고 한들, 그의 경지가 어디에 다다라 있는지조차 알 길이 없기도 했다.

대응할 생각도 들지 못하게 할 만큼 아득한 힘을 지닌 초월적 존재.

그는 정상이 구름에 가려져 보이지 않는 거산(巨山)이었다.

그도 아니면 일각만을 수면 위로 내놓은 빙산이거나.

'천공이 아닌 한낱 인간이 어떻게 이런 힘을 지녔단 말인가……'

비교하는 것 자체가 무례라는 것을 앎에도, 비교 대상이 없으니 자연히 그에 빗댈 수밖에 없었다.

그렇게 로브가 복잡하게 얽힌 실타래 같은 생각을 하는 사이.

재건이 고개를 숙여 침잠한 눈으로 그를 바라봤다.

"야."

마나도 섞이지 않고, 신체에 충격을 가하지도 않는 짧은 한마디.

그럼에도 불구하고 청자의 입장에 선 로브로서는 맥박이

빨라지고 호흡이 가빠질 수밖에 없었다.

자신을 호명하는 소리에 어떻게 대답해야 할지 감이 잡히지 않아 쉬이 목소리도 나오지 않았다.

그러자 천천히 다가온 검지가 그의 이마를 툭 하고 건드렸다.

"대답 안 하냐?"

"예, 예?"

겨우 힘을 내 내뱉은 떨리는 음성.

재건은 조소를 지으며 대답했다.

"뭐야, 할 줄 알면서 입 다물고 있었던 거야?"

"아, 아니. 그게 아니라……."

"지나간 일은 봐줄 테니까 그렇게 떨 건 없고. 대신 지금부턴 묻는 말에 잘 대답하는 게 좋을 거야."

그러면서 다시금 검지로 이마를 툭 찌른 재건이 말을 이어 갔다.

"너 어디 나라 사람이냐?"

"……미국."

"미국? 세계 제일의 헌터 강국에서 태어난 놈이 왜 이딴 짓을 하고 다니는 거냐, 도대체? 하, 아니다. 됐고. 네가 속한 단체에 대해서 아는 거 전부, 하나도 빠짐없이 상세하게 읊어."

"그, 그건……."

남자는 자신의 입술이 바짝 마르는 게 느껴졌다.

지금 펼쳐지고 있는 상황은 자신이 수없이 마주하며 익숙하게 느껴지는 장면이었다.

누군가는 질문을 하고, 또 다른 누군가는 무릎을 꿇고 대답을 하는.

한데 너무도 낯설고 이질적으로 느껴진다.

그 이유인즉, 이전에는 질문을 하는 주체가 자신이었기 때문이다.

반면 지금은 대답해야 되는 입장.

180도 바뀌어 버린 현실에 식은땀이 삐질삐질 흐르며 어느새 등을 축축하게 적시고 있었다.

잠시 후 로브의 입에서 항상 들어만 왔던 말이 흘러나왔고.

"다, 답을 하면 살려 주는 겁⋯⋯."

짜악-!

말이 채 끝나기도 전, 찰진 소리를 내며 로브의 고개가 홱하고 돌아갔다.

"⋯⋯!"

볼을 감싸 쥐며 두 눈을 휘둥그레 뜨는 남자.

근접 전투계는 아니라지만, 어디까지나 S급 헌터의 육체를 지닌 자신이다.

웬만한 타격쯤은 거뜬히 감당할 수 있었다.

한데 마나조차 두르지 않은 가벼운 손짓에 얼굴이 찢어진 것만 같은 후끈한 통증이 전해졌으니 놀랄 수밖에.

그런 그에게로 차가운 음성이 날아들었다.

"지금까지의 너는 어땠어? 살려 달라고 애걸하면 그렇게 해 줬냐?"

저 말이 의미하는 바는 명확했다.

고이 대답해 준다고 해도 이대로 자신을 풀어 줄 생각이 없다는 뜻.

그렇다면?

'교단을 위해서 자결하는 수밖에!'

로브의 남자는 그 생각을 곧바로 실천에 옮겼다.

바닥을 짚고 있는 그의 손에서 미세하게 뿜어져 나오는 마나.

지하 깊숙한 곳으로 침투한 그것은 이내 날카로운 송곳이 되었고.

이내 무릎을 꿇고 있는 곳 지면 위로 슬며시 머리를 내밀었다.

겉보기에는 볼품없어 보이는 흙송곳.

하지만 마나가 한곳에 집중되며 만들어진 그것은 강철을 꿰뚫을 수 있는 수준의 강도를 지니고 있었다.

그가 이제껏 은밀히 진행했던 것과 달리 확연히 마나를 뿜어내며 광포한 웃음과 함께 악에 받친 소리를 질렀다.

"잘 있어라, 이 괴물 새끼야!"

그러면서 눈을 감고 다가올 죽음을 기다렸다.

잠시 뒤면 솟아오른 송곳이 턱을 지나 머리를 관통할 터.

더 이상 놈들의 손아귀에서 놀아나다 개죽음을 당하지 않아도 될 것이고.

찬란한 순교에 따른 보상은 모두 천공께서 내어 주실 것이다.

그렇게 촌각에 다름없는 사이에 만족스러운 미소를 머금으며 송곳에 꿰뚫리려는 그때.

가가가각-

전혀 예상치도 못한 기괴한 소음만 일어날 뿐.

아무리 기다려도 그가 바랐던 상황은 펼쳐질 생각이 없었다.

어떤 고통도, 느낌도, 흔한 생채기조차 만들지 못한 것이었다.

감겼던 눈을 뜨며 눈동자가 원인을 찾아 헤맨다.

이내 뭔가를 발견한 그의 두 눈이 찢어질 듯 커지며 크게 요동쳤다.

턱이 벌어지고 서늘한 감각에 온몸의 솜털이 곤두섰다.

조금 전까지 턱이 있던 곳의 지근거리까지 솟구친 흙송곳.

그것이 재건에 의해 막혀 있었던 것.

단순히 검지 하나만으로 벌어진 일이었다.

파창-!

이윽고 손가락이 까딱하며 힘을 주자 흙송곳은 지닌 강도가 무색할 정도로 무참하게 깨져 버렸다.

"네가 편안히 죽기 싫어서 아주 용을 쓰는구나?"

재건의 신형에서 웅혼한 마나가 쏟아져 나오며 로브를 옥죄었다.

"커헉."

무형의 기운에 숨이 턱 막히며 얼굴이 붉게 달아오르고.

실핏줄이 모조리 터져 나가며 순식간에 적안으로 변모해 버린 두 눈이 눈앞의 재건을 향했다.

그것은 로브 남자의 의지가 아니었다.

보이지 않는 무언가가 그를 똑바로 응시하도록 만들고 있었던 것이다.

그때 재건이 손가락으로 남자의 가슴 윗부분을 꾸욱 눌렀다.

별다른 힘이 느껴지지 않음에도 불구하고 손가락은 그의 몸이 연두부라도 되는 것마냥 부드럽게 파고들었다.

푸우욱-

"끄어어억!"

"괴로워? 그러니까 쉽게 쉽게 갈 수 있었던 것을 왜 사서 어렵게 만들어?"

격통에 몸을 부들부들 떨어 대는 남자와 이를 무미건조한 얼굴로 쳐다보는 재건.

그런 두 사람을 바라보는 브론으로서는 지금의 장면을 이해할 수 없었다.

헌터 생활을 하다 보면 몬스터의 손톱에 찢기고, 할퀴어지는 등의 일은 다반사다.

때문에 웬만한 통증에는 익숙해지는 것이 당연한 일.

그럼에도 불구하고 저 사내는 도저히 참을 수 없다는 듯 고통에 몸부림치고 있었다.

브론의 상식선에서는 이해가 되지 않았다.

단순 기운이 S급 헌터를 짓누르는 것으로 모자라, 별거 아닌 손가락 하나에 그 고통을 참을 수 없어 한다니.

그러자 한 가지 생각이 잇따랐다.

'저 손가락에 뭐가 있는 건가?'

척 보기에도 조금 전 놈이 만들어 낸 송곳엔 무시할 수 없을 만한 힘이 실려 있었다.

흑수(黑手)를 이용한다고 해도 멀쩡히 막아 낼 수 있다 자신하지 못할 수준이었으니까.

한데 그것을 겨우 검지 하나로 멈춰 세웠다.

그것도 마나가 깃들지 않은 맨손가락만으로 말이다.

단지 놈의 행동이 불쾌한 탓에 미간을 찌푸렸을 뿐, 마나는 고요했다는 게 이를 방증했다.

대체 저 손가락이 무엇이길래 상식 밖의 장면들을 연달아 만들어 내는 것일까?

그런 의문에 빠져 헤어 나오지 못하는 브론이었다.

한데 제아무리 브론이라도 모르는 사실이 하나 있었으니.

바로 지금 남자의 몸을 파고든 재건의 손가락에서 아주 미세한 마나가 빠른 속도로 흘러나오고 있다는 것이었다.

그것은 깨진 유리 조각과 같이 체내를 굴러다니며 온몸 구석구석을 난자하고 있었고.

신체가 단련된 헌터라고 한들 평생 당했던 어떤 부상보다.

아니, 그것들을 다 합쳐도 비할 바가 되지 못할 정도의 격통을 선사하고 있었다.

말 그대로 신묘.

이것은 아무리 가르친다 한들 누구도 따라 할 수 없는, 재건의 오랜 경험에서 비롯된 복잡한 메커니즘이 얽혀 있었다.

그렇기를 수분.

재건의 손가락이 뽑혀 나오며 상황이 종료되었다.

놀랍게도 그의 손가락에는 피 한 방울 묻어 있지 않았고, 뻥 뚫린 구멍에서도 흐르는 선혈은 없었다.

온몸을 옭아매던 무형의 기운까지 사라지자 로브 남자가 헐떡거리며 숨을 몰아쉬었다.

"허어억, 허어억."

그리고 재건을 향해 고개를 조아리고, 손이 발이 되도록 빌고 또 빌었다.

"죄, 죄송합니다. 제가 죽을죄를…… 쿨럭. 지었습니다. 하, 한 번만 용서해 주시면……."

마나가 속을 헤집은 탓에 말을 할 때마다 목구멍을 타고

피의 파도가 몰아치지만, 그는 그것을 게워 내면서 끝까지 말을 이었다.

고작 이런 노력으로 용서를 받을 수만 있다면, 백 번 천 번이고 할 수 있었다.

이미 그의 머릿속에서 교단에 대한 생각은 지워진 지 오래였다.

수분에 불과했을 고문이 그에게는 억겁과 같은 시간처럼 느껴졌으니까.

재건은 그런 그에게 일말의 동정심도 느끼지 않으며 말했다.

"마지막으로 말하는 거야. 네가 속한 단체가 어떤 곳인지, 그곳은 무엇을 보고 이런 짓들을 꾸며 대는 건지 네가 아는 것 하나하나 상세하게 읊어."

그것은 남자에게 구원의 빛줄기였다.

교단? 천공?

자의로 죽지도 살지도 못하고 온몸이 조각나는 고통을 평생 달고 가게 생겼는데, 그딴 게 무슨 소용인가.

그는 허겁지겁 두 손으로 경배를 올리며 빛줄기를 받아 들었다.

"예, 예!! 전부 말하겠습니다!"

남자의 설명은 그리 오래 이어지지 않았다.

누군가에 의해 저지당한 것도 아니고, 무언가를 감추려는 의도도 아니었다.

그저 그가 아는 것이 그다지 많지 않았기 때문.

하나 재건에게는 그 하나하나가 소중한 정보였다.

작은 퍼즐이라 해도 그것들을 맞춰 나가다 보면 언젠간 그림을 완성할 수 있을 테니 말이다.

재건은 설명을 끝내고 몸을 떨고 있는 남자를 무심한 표정으로 쳐다보며 말했다.

"내 용무는 끝났어. 이제 목을 따든, 사지를 찢고 물고문을 하든 네 마음대로 해."

브론은 인상을 쓰며 그에 답했다.

"내가 왜 그런 귀찮은 짓을 해야 하지? 일을 시작했으면 네 놈이 마무리 지어라."

"배신자는 네 손으로 직접 처단할 거라며?"

"그러려고 했지. 그런데 네가 두 동강 내 버렸잖은가?"

"……아, 그랬어? 미안. 그건 진짜 실수라."

재건은 뒤통수를 긁적이며 머쓱한 표정을 지었다.

실제로 검은 검기는 자신이 의도한 바와는 거리가 멀었다.

아니, 애초에 검기를 만들 생각도 없었을뿐더러, 그저 손에 익지 않은 무기를 시험 삼아 휘둘러 봤을 뿐이었다.

그런데 검이 재건의 체내에 맴돌던 마나를 자양분 삼아 흡포하고도 패악한 검기를 만들어 냈다.

생각이 거듭되자 재건의 시선은 자연스럽게 손에 들린 검은 검으로 향했다.

'이거 만만하게 볼 게 아니네.'

릴리스의 말대로 휘두르는 것만으로도 난폭한 힘이 전해졌다.

의지와는 관계없이 힘을 빨아들이고, 그것을 광기와 같은 힘으로 발산하는 검.

드래곤의 발톱으로 만들어졌음에도 사실 마검이라는 표현이 더 잘 어울리는 물건이었다.

'무검(無劍)과는 성질이 완전히 달라. 제대로 숙달할 필요가 있겠어.'

재건이 그런 생각에 빠진 사이.

무언가를 뚫어져라 쳐다보던 브론이 그에게 말을 건네 왔다.

"비록 원래 약속했던 것과는 다르게 네가 놈을 죽이긴 했으나, 목표인 약물은 놈이 갖고 있었다고 하니 빚은 하나 지워 주겠다."

"어, 그래? 거참 고맙네."

"대신 나랑 대련 한번 해 줘야겠다."

조금 전까지 그의 시선이 머물러 있던 곳은 재건의 손가락.

정보를 취급하는 단체의 한 축을 담당하는 인물답게, 직접

나서서 저 신비하고도 경이로운 힘을 지닌 검지의 정체를 밝
혀낼 심산이었다.

　재건은 그에 반가워하며 마검을 까딱거렸다.

　"그거 듣던 중 반가운 소리네."

무릎을 꿇고서 사태를 주시하던 로브의 남자는 작금의 상황을 어떻게 받아들여야 할지 감이 잡히지 않았다.

같은 편인 줄 알았는데, 난데없이 대련을 펼치겠다니.

순간 이것이 자신을 불쌍하게 여겨 마련한 천공의 안배가 아닐까 하는 생각이 들었다.

둘이 격돌하는 사이에 몸을 내빼라는.

그렇다면 절대로 놓쳐서는 안 되는 기회.

하지만 이상과 현실의 괴리는 너무도 거대했다.

"커헉."

과한 힘을 사용한 것도 아니고 단지 무릎을 꿇고 있던 하체에 잠깐 힘을 준 것일 뿐인데, 온몸이 찢겨 나가는 고통이 수반됐던 것.

기도를 막을 정도의 피를 한 움큼 토해 낸 그가 불가항력적인 눈물을 흘려 냈다.

아무리 용을 써도 운 좋게 찾아온 기회는 거머쥘 수 없고.

설령 이재건이 자신을 살려 주겠다며 도망가라 해도 이룰 수 없는 꿈이었다.

망가질 대로 망가진 몸은 자신의 수명이 얼마 남지 않았음을 반증하고 있었으니까.

그가 눈물로 얼룩진 눈으로 멍하니 주변을 응시했다.

미국도 아닌 러시아 변방에 위치한 이름 모를 산.

이곳이 자신의 묏자리라는 것을 인지하자 모든 것이 공허하게 느껴진다.

'여기까지 어떻게 올랐는데…….'

절대 신고하지 않겠다.

제발 한 번만 살려 달라며 애걸복걸하던 사람들을 가차 없이 처단했다.

오로지 천공의 뜻을 위해.

한데 그렇게 피땀을 바쳐 흘린 결과가 이런 허무한 죽음뿐이라니.

'정말 덧없는 삶이군…….'

죽음 뒤에 또 다른 무언가가 존재한다면, 필시 자신의 향후는 순탄치 않으리라는 생각이 든다.

성인군자가 와도 절대 용서하지 않을 수많은 악행을 저지른 게 바로 자신이었으니까.

이렇듯 남자가 지난날의 과오에 푸념을 섞어 후회하지만.

세상은 그에게 과오를 바로잡을 기회를 주지 않았다.

핏-!

그의 목에 생겨나는 가느다란 실선.

이내 눈앞에 보이는 장면이, 모니터가 옆으로 기울듯 서서히 기울져 갔다.

'아…….'

절단되어 땅을 뒹구는 머리.

툭-

이것이 그의 마지막 기억이었고, 실로 허망한 죽음이었다.

잠시 후 그곳으로 다가선 한 사내가 무미건조한 표정으로 잘려 나간 머리를 바라봤다.

로브의 생(生)을 거둬 간 이는 다름 아닌 재건.

죽음을 확인하는 그는 망설임 없이 고개를 돌렸다.

애초에 살려 줄 생각도 없었고, 파리 목숨보다 가벼운 게 놈의 목숨이었으니까.

그보단 더 시급히 처리해야 할 문제가 펼쳐져 있었다.

"설마 여기서 붙자고 하는 건 아니지? 가자. 대련하러."

브론이 연 공간을 타고 넘어온 곳.

먼저 발을 내딛은 재건이 주위를 두리번거렸다.

광활한 대지에 군데군데 마구잡이로 자라난 잡초가 어지러이 펼쳐져 있다.

살포시 덮여진 눈에 햇빛이 반사되며 더욱 새하얗게 빛나기까지.

인적이라고는 찾아볼 수 없는 대지가 끝도 없이 펼쳐져 있었다.

과연 브론이 초대한 곳인 만큼, 이보다 대련에 적합한 공간은 없다고 봐도 무방했다.

그는 뒤이어 도착한 브론을 향해 물었다.

"여긴 마음대로 힘 써도 되는 곳 맞지?"

"물론이다. 이곳으로부터 1㎞ 정도는 천지가 개벽한다고 해도 아무도 신경 쓰지 않을 것이다."

"대단하네. 대략 30만 평 정도가 개활지란 말인가?"

"그렇다."

이곳은 군사 지역으로 분류되는 곳이자, 딥 블루가 정부와 군 관계처에 거액을 상납하고 얻어 낸 장소.

추후에 약물을 생산해 내는 대형 단지를 구축할 계획으로 매입한 지역이었다.

하나 그것은 한참 후, 먼 미래에 계획된 일이고.

지금은 간혹 생성된 게이트가 있는지 확인하러 들어올 뿐, 잡초가 무성하게 자랄 만큼 방치되어 있는 공간이었다.

"그렇단 말이지."

재차 확인한 재건은 슬그머니 마나를 방출했고.

브론은 흑수(黑手)를 두르며 대련을 준비했다.

그러나 막상 재건과 맞붙을 생각을 하니 긴장이 몰려오며 쉬이 진정이 되지 않았고.

애써 마음을 다잡으며 정신을 집중했다.

'상대가 SS급이라 한들 위축될 거 없다. 방심만 하지 않으면 얼마든지 기회는 찾아올 터. 이건 내 힘을 테스트하는 자리다.'

음지에서 활동하는 만큼 세계 랭킹에 등록되어 있지는 않으나, 브론은 스스로를 S급 중에서는 견줄 자가 없을 정도로 최강이라 자부했다.

딥 블루의 정보력을 토대로 산출된 것이니 나름 타당성을 지니기도 했고.

그런 점에서 SS급과의 결투는 자신이 어디까지 닿아 있는지를 확인할 수 있는 귀중한 자료가 될 터였다.

잠시의 시간이 흘러 손의 떨림이 멈추며 진정된 듯 보였고.

이에 재건이 손을 까딱거렸다.

"먼저 들어와 봐."

다소 자존심이 상할 수 있는 발언임에도 브론은 묵묵히 고개를 끄덕였다.

대련을 청한 것은 그였고, 이미 그 시점에서 자신이 도전자라는 사실을 인정했던 것이니까.

브론은 마나를 움직여 다리에 힘을 실었고.

타앗-

쏜살같이 재건을 향해 날아들었다.

두 사람의 간격은 고작해야 100m 남짓.

초장부터 전력을 다하는 만큼 순식간에 좁히고도 남을 거리였다.

하지만 장애물도 하나 없어 빤히 보이는 직선 움직임에 SS급 헌터가 반응하지 못할 리 없었고.

브론은 첫 수부터 허를 찌를 생각이었다.

-커넥트 룸(Connect Room).

공간을 파고든 흑수가 재건의 뒤에서 나타났다.

마나에 반응한 재건이 상체를 비틀어 회피하는 사이, 앞으로 쏘아져 가던 브론의 신형이 그의 코앞에 발을 들어 올렸다.

파앗-

날 선 전투화가 종이 한 장 차이로 눈앞을 스쳐 지나간다.

다리를 높게 치든 만큼 무너진 브론의 자세.

하나 그런 상태에서도 공격은 끊이지 않고 이어졌다.

공간이 열리며 먹이를 노리고 있던 흑수가 벼락처럼 쏘아졌고.

콰직-!

등을 가격당한 재건이 마검으로 땅을 그으며 밀려나는 움직임을 멈췄다.

그사이에 브론이 또다시 쇄도해 왔고.

눈으로 좇을 수 없을 쾌속의 공격들이 쉴 새 없이 몰아쳤다.

이를 방어하기에 급급한 재건의 모습.

쉬지 않고 손발을 움직이면서도 브론은 두 눈을 빛냈다.

'통한다! SS급에게도 내 힘이 닿는다!'

강한 희열이 가슴속 깊은 곳에서 솟아올랐다.

두 눈으로 마주한 강자에게 제 역량이 닿는다는 사실에 그의 표정은 환희로 물들어 갔다.

이는 곧 얼마든지 자신의 승리로 결과를 만들어 낼 수 있으리라는 뜻이었으니까.

그러나 브론은 절대 방심하는 실수는 범하지 않았다.

조금 전의 일격이 먹혀들었지만, 얼마만큼의 대미지를 주었는지는 미지수.

원래대로라면 몸이 꿰뚫리거나 적어도 뼈가 으스러져야 정상임에도, SS급의 육체가 생각 이상으로 단단한 탓에 그런 감각이 전해지지 않았던 것이다.

지금만 해도 그랬다.

연신 혹수에 가격당하고 있음에도 재건은 너무도 멀쩡한

모습이었으니까.

슬슬 조금 전 빳빳이 쳐들었던 환희의 고개가 꺾어질 무렵.

"워우. 이런 싸움은 오랜만이라 정신이 하나도 없네. 조금 진지해져 볼까?"

재건의 신형에서 마나가 피어오르고.

파앙-!

브론의 공격이 거센 파공성을 울리며 귓가를 스쳐 지나간다.

주도권을 놓치지 않으려는 듯 더욱 매섭게 맹공을 퍼부었던 것.

하나 전과는 다르게 어떤 공격도 닿지 않았다.

손에 잡힐 듯 잡히지 않는 기묘한 몸놀림에 계속해서 유혹될 뿐이었다.

그렇게 재건은 브론의 실력을 감상하며 속으로 감탄해 마지않았다.

'특성을 이렇게 잘 사용하는 사람도 드물겠어.'

계속되는 공격에 순간 빈틈이 만들어질 때가 있다.

지금까지 물 흐르듯 연계되던 패턴과는 확연한 차이.

하나 공격을 계속해서 받아 주고 있는 재건의 눈에는 그 의도가 너무도 명확하게 보였다.

마치 그곳을 노리고 공격해 들어오라는.

일종의 덫이었다.

'일단 원하는 대로 해 줄까?'

빤히 수를 읽고 있었음에도, 재건은 그의 의도대로 주먹을 뻗었다.

그 순간 주먹이 뻗어지는 공간이 일렁거리며 팔을 빨아들였다.

"......!"

이질적인 공간.

빨려 들어간 팔에서 섬뜩함이 느껴져 황급히 빼내려 하지만, 내부에서 흘러나오는 인력(引力)은 이를 허락하지 않았고.

동시에 브론의 마나가 일순 폭발적으로 치솟았다.

-룸 엠퓨테이트(Room Amputate).

공간 자체를 절삭해 버리는 그의 능력.

철천지원수를 마주한 것도 아니고 그저 대련일 뿐인 상황에서 사용하기에는 너무도 위험한 힘이었다.

그 순간 희미하지만 브론의 감정이 눈에 보였다.

이미 자신이 이겼다고 자신하며 승리에 취한 모습이.

재건의 입꼬리가 슬며시 올라갔다.

'이쯤에서 선물을 줘야겠네.'

과연 브론은 강했고, 불의의 일격은 그의 흥미를 뜨겁게 달구기에 충분했다.

하지만 이에 만족해선 안 됐다.

제아무리 브론이 뛰어나다 한들, 그 위에 또 다른 하늘이 존재한다는 것을 알려 줄 필요성이 있었다.

그렇기에 재건은 좌절감이란 선물을 전해 주기로 마음먹었고.

즉시 마나를 끌어올려 인력을 끊어 내며 팔을 회수했다.

그리고 자신의 공격이 실패로 돌아간 것에 놀라는 브론의 앞으로 신형을 옮기며 말했다.

"너는 적당히라는 게 없구나."

따악-!!

동시에 무언가 터져 나가는 소리와 함께 브론의 고개가 뒤로 꺾였다.

"끄억."

숨이 턱 막히는 신음이 뒤이어졌다.

강제적으로 하늘을 바라보게 된 상황.

그런 그의 귓가에 재건의 목소리가 들려왔다.

"한 대 더 맞자."

이내 엄지에 눌려 구부러진 중지가 그의 눈앞에 드리워졌고.

따악-!!

재차 울리는 고성(鼓聲).

브론은 이마의 뼈에 금이 가는 고통을 느끼며 그대로 땅에 처박혔다.

콰앙!!

그랬다.

끝이 보이지 않는 맹공을 퍼붓고, 재건의 팔을 절단 내 버리려 한 그의 기세를 억누른 것은 다름 아닌 이마를 강타한 딱밤 두 대에 불과했다.

그런 와중에도 브론은 땅에 공간을 만들며 이동해 재건과 거리를 벌렸다.

"크으…… 이게 무슨……."

브론은 작금의 현실을 받아들일 수 없었다.

그러나 저 손가락에 무언가 있다는 것만은 기정사실로 받아들였다.

상식적으로 그렇지 않고서야 고작 딱밤으로 이런 미친 듯한 통증을 선사하는 게 가능하다는 것을 이해할 수 없었으니까.

그 고통 탓인지, 아니면 자신의 가설을 확인하기 위함인지 브론의 입에서 큰 소리가 튀어나왔다.

"그건 네 특성과 관련이 있는 것인가! 아니면 스킬인가!"

영문을 알 수 없는 소리에 재건이 고개를 갸웃거렸다.

"난데없이 뭔 소리야?"

"아까 로브 놈의 송곳을 막은 것도 그렇고, 고문한 것도 그렇고. 그 손가락에 뭔가가 있기 때문이 아닌가!"

"어?"

그제야 알 수 있었다.

어쩌다 보니 손가락 하나만 이용한 것이 큰 오해를 사고 있었던 것이다.

201

너무 강하면 이런 것도 문제가 된다는 것을 새삼 깨닫는 순간이었다.

"하, 하하하!! 딱밤이 그렇게 아팠어?"

"시치미 떼지 마라! 내 눈은 속일 수 없다!"

"진짜 여기에 뭐가 있다고 생각하나 보네?"

"그게 아니라면 한눈에 봐도 명검(名劍)인 것을 두고 굳이 손가락을 사용하는 이유가 무엇인가?"

그의 말을 따라 재건이 마검을 들어 올렸다.

"아, 이거? 너한테 사용하기엔 너무 위험해서 안 한 건데. 왜, 사용해 줘?"

브론은 치욕스러움을 느끼며 이를 빠득 갈았다.

"어디 해 봐라. 네가 무슨 검기를 날리든 내게는 통하지 않으니."

"그럼 기다려 봐. 조절이 좀 필요해서."

같은 실수를 반복해서는 안 됐다.

이것은 마검을 숙달하기 위한 과정.

아까와 같이 의지와는 다르게 마나를 잡아먹히고 패악적인 힘을 마구잡이로 방출할 생각은 추호도 없었다.

무릇 무기란 사용자와 합을 이뤄야 하는 법.

오랜 세월 사용해 온 무검과 같은 익숙함을 바라는 것은 아니나, 적어도 사용자를 잡아먹으려 하는 힘을 억누를 필요성은 있었다.

재건은 뒤돌아 눈을 감고 집중했다.

체내의 마나가 잔잔하게 흐른다.

그리고 이내 팔을 타고 천천히 마검에 주입됐다.

구우우우―

마나를 머금은 검은 피를 본 광인처럼 진동했고.

갈증을 해소하려는 듯 더 많은 마나를 탐하기 시작했다.

'한낱 검 주제에 까불지 마라.'

재건은 그것을 힘으로 억눌렀다.

끌어당기려는 것을 억누르고, 일정량 이상을 주입하지 않으며 다스렸다.

마검은 그에 지지 않으려는 듯 묵빛 기운을 일으키며 더욱 흉포한 기세를 피워 올렸다.

그렇게 벌어진 재건과 검의 기 싸움.

그러나 예상과 다르게 기 싸움은 빠르게 끝을 맺었다.

다른 기운을 억누른 것은 재건에게는 너무도 간단한 일이었고, 마검의 흉포함은 그를 이기지 못하고 짓눌렸다.

그렇기를 얼마.

검신에 일렁거리던 자그마한 기운마저 잠재운 재건은 브론이 있는 곳으로 몸을 돌렸다.

"잘 받아 보라고."

"네 걱정이나 해라. 그것은 너에게 비수가 되어 돌아갈 테니."

"큭. 그래."

한참이나 떨어진 거리.

원거리 공격은 오히려 그에게 도움이 되니 저렇게 자신감이 넘쳐 나는 것이었다.

재건은 브론이 서 있는 방향으로 가벼이 검을 휘둘렀다.

저 자신감을 순식간에 산산조각 내기 위해.

팟-

허공에 그려지는 한 줄기 섬광(閃光).

이내 그것은 검게 물들어 검은 초승달을 그려 냈다.

브론은 기다릴 것도 없다는 듯 자신과 재건 사이의 공간을 찢었다.

이것은 입구였고, 검기는 출구로 배출되며 재건을 당황하게 만들 것이었다.

그런데 검기가 공간에 닿는 순간, 브론의 두 눈이 찢어질 듯 커졌다.

파지지직-

검기가 안으로 빨려 들어가기는커녕, 공간 자체를 베어 버리며 자신을 향해 쏘아졌기 때문.

한데 브론은 회피할 생각도 하지 않고, 그것을 멍하니 바라보고만 있었다.

"저 미친놈이 뭐 하는 거야!"

재건은 모든 마나를 끌어올려 속도에 치중해 검기를 앞질렀고.

먼저 브론의 앞에 당도한 뒤 날아드는 검기를 향해 검을 휘둘렀다.

파지지지직!!!

검기가 이를 쏘아 낸 검과의 충돌!

한계 끝까지 재건의 마나를 머금은 검은 흉포한 검기를 압도했다.

그리고.

촤아악!!

베어 내는 것과 동시에 일부를 흡수하며 검기를 소멸시켰다.

"하아······."

재건은 안도의 한숨을 흘렸다.

만일 자신이 막아서지 않았더라면 브론은 다른 놈들과 같이 반 토막 났을 터였다.

"미쳤어? 못 막겠으면 피하기라도 했었어야지!"

하지만 재건의 호통에도 브론은 대답이 없었다.

초점을 잃은 눈.

그것은 조금 전까지 목숨을 위협하며 날아들던 검기의 방향을 향해 있었다.

격하게 떨리는 전신.

서늘함이 살가죽을 넘어 뼛속 깊은 곳까지 느껴진다.

현재 브론의 머릿속을 잠식한 것은 단 하나뿐.

아직 성숙되지 않은 풋풋한 외모를 지닌 사내가 도저히 엄두도 내지 못할 만큼의 차이를 보였다는 것?

아니다.

땀 한 방울 흘리지 않는 그가 마음만 먹었다면 자신은 피로 얼룩져 바닥을 뒹굴고 있을 것이란 것?

이 또한 아니다.

치욕스럽다는 생각조차 들지 않게 할 만큼 브론을 한없이 초라하게 만드는 존재.

"도대체……."

그것은 재건이 쏘아 낸 얇은 검기였다.

아니, 그것은 그저 그런 검기로 치부할 만한 게 아니다.

눈앞에 가득 드리워졌던 그림자 사이로 보인 그것은 분명 거대한 드래곤의 머리.

흉포하게 벌어진 아가리.

그것이 자신을 덮쳐 오고 있었다.

이미 소멸해 버렸음에도, 그 공포에 얼어붙어 움직일 생각도 하지 못하는 브론이었다.

3군단을 창설한 인물이자 딥 블루 내에서도 역대 최강이라 불리는 사나이.

또한 그 누구의 아래에도 있지 않다고 자부하는 것이 바로 차르였다.

그런 이가 자신의 낮음을 인정하는 것은 물론이고, 딥 블루 전체가 덤벼도 상대가 되지 않는다며 경고를 해 왔다.

"……그럼 이재건은 도대체 얼마나 강하다는 거야?"

이내 카차노프는 머리를 움켜쥐며 괴상한 소리를 냈다.

"으으으!! 나 어떡해!"

여태 재건에게 건방지게 굴었던 자신의 행동이 주마등처

럼 스쳐 지나간 것이었다.

헌터 세계, 그것도 음지의 정점이라 불리는 이곳 딥 블루에 한정한다면, 그녀의 목숨은 보잘것없는 값어치를 지니고 있다.

언제든 다른 누군가로 대체할 수 있는 부속품에 지나지 않았으니까.

그런 가운데 만약 재건이 일전의 건방진 행동에 불쾌한 기색을 내비치고, 차르가 이를 못마땅하게 여긴다면?

가령 '귀찮네, 거슬리네.'라며 콧방귀를 뀌기만 해도 자신의 목숨은 땅에 떨어질 게 분명했다.

단순히 죽는 것에 그치지 않고 마치 세상에 없던 사람처럼 존재 자체가 지워진다는 것이었다.

"아아아!!!!"

들어 주는 이 하나 없는 외침이 공허하게 울려 퍼지고.

마음이 불안하니 청결한 공기도 초미세먼지를 가득 머금은 것처럼 탁하게 느껴진다.

"효과는 개뿔."

빛이 들지 않는 꽉 막힌 곳임에도 불구하고 오히려 바깥보다 청정함을 유지하고 있는 이유.

모든 게 내부에 설치된 최신식 공기 순환 시설 덕분이었다.

맑은 공기는 사람을 침착하게 만들어 주고, 머릿속을 정화시킨다고 하던가?

하여 최상의 컨디션에서 연구를 진행하기 위해 설치했던 것이었는데, 이 또한 다 허황된 소리임이 분명했다.

어떻게든 다른 대상에 불만을 쏟아 내 보지만, 그럴수록 생각이 꼬리에 꼬리를 물고 이어지며 불안감은 더욱 증폭되었다.

딱- 딱-

불안과 염려를 주체할 수 없었던지 그녀는 똥 마려운 강아지처럼 내부를 걸으며 연신 손톱을 깨물었다.

그때, 한 공간이 쭉 찢어지며 두 사내가 걸어 나왔고.

카차노프는 허겁지겁 뛰어가 90도로 허리를 숙였다.

"오, 오셨습니까. 고생 많으셨습니다!"

"……."

하나 브론은 아무런 대답도 없이 스쳐 지나갈 뿐이었다.

평소에도 친근하게 반겨 주는 사람은 아니었고, 카차노프는 발에 치이는 말단 중 하나였으니 그리 대수로울 것도 없었다.

하지만 마음이 복잡한 상황에선 그마저도 심장에 펌프질을 해 대게 만들기엔 충분했다.

더군다나 무슨 일이 있었는지는 모르지만, 비밀 기지 한편에 털썩 주저앉아 넋이 나간 사람처럼 굴고 있으니 더욱 불안해질 수밖에.

그런 가운데 재건은 쐐기를 박으며 불안감을 더욱 극대화시켰다.

"무슨 대련에서 한 번 졌다고 세상 잃은 것처럼 굴고 있어?"

카차노프가 동공에 지진이 일어난 채, 꿀꺽 마른침을 삼켰다.

'대련?'

배신자를 잡으러 간다더니 갑자기 무슨 대련을?

그렇게 카차노프가 또 다른 의문에 휩싸여 가는 순간에도 두 사람의 대화는 계속해서 이어지고 있었다.

브론이 맹수와 같은 눈빛을 하며 재건을 노려보다가도 이내 고개를 떨궜다.

"이건 이기고 지고의 문제가 아니다."

"아니, 말했잖아. 그 정도면 진짜 강한 거라니까?"

"그걸 위로라고 하는 것인가?"

"염병을 하고 있네. 그럼 다 때려치우든가. 헌터 생활 접고 아까 거기서 농사나 짓지 그러냐?"

"그것도 나쁘지 않은 생각이군."

재건이 헛웃음을 흘렸다.

실성을 한 것인지, 냉철하던 모습은 어디 가고 눈앞엔 모든 사고가 부정적으로 변해 버린 초라한 남자만이 남아 있었다.

'그래, 쉽게 수긍할 수 없겠지.'

타고난 특성과 그를 뒷받침하는 노력.

이를 통해 A급이었던 시절부터 같은 등급은 물론이고 한 단계 위인 S급까지 몰아붙였던 화려한 전적의 소유자가 바로 그였다.

그야말로 백전무패의 무장.

누가 뭐래도 브론은 S급 최강자로 불리기에 손색이 없는 인물이었다.

그런 위치에 있던 이가 한없이 무기력하게 패배했으니, 쓰디쓴 좌절감을 맛보는 것도 이상한 건 아니었다.

혹 오늘의 기억이 자칫 외상 후 스트레스 장애로 남을지도 모를 일.

현재로선 최대한 사기를 북돋아 주는 것이 가장 적절한 대처법이다.

하지만 재건은 그렇게 하지 않았다.

왜?

'입에 쓴 약이 몸에 이로운 법이지.'

비록 지금은 머저리 천치처럼 굴어도 고작 이런 거에 무너질 리 없다는 것을 알고 있었으니까.

지금 옆에서 무어라 한들 별다른 반응을 보이지 않는 것도 자기만의 사색에 빠져 있기 때문일 터.

시간이 지나 자신의 부족함을 수긍하며 현실로 돌아오는 순간.

그는 지금보다 더한 노력으로 투지를 불태울 것임에 분명했다.

더욱 수련에 정진하며 지금보다 한 단계 성장하는 것은 덤일 테고 말이다.

이 이상 혼자만의 시간을 방해할 수 없었던 재건은 마지막으로 용건을 꺼내 들었다.

"그럼 귀찮게 안 할 테니까, 우리 삼촌한테나 데려다 줘."

이에 브론은 시선도 맞추지 않고 말했다.

"그들은 13월에 있다. 까마귀, 네가 안내할 수 있도록."

자신을 호명하는 소리에 카차노프가 화들짝 놀라며 쩌렁쩌렁한 목소리로 대답했다.

"예! 분부대로 하겠습니다!"

그리고 재건을 향해 몸을 돌리며 두 손으로 공손하게 밖을 가리켰다.

"모시겠습니다."

재건은 고개를 갸웃하면서도 밖으로 걸음을 옮겼다.

원래 타고 왔던 차를 이용해 이동하는 차 안.

재건이 운전하고 있는 카차노프를 향해 고개를 돌렸다.

자꾸 자신을 흘끔거리는 카차노프의 시선을 느낀 것이었다.

"신경 쓰이게 하지 말고 할 말 있으면 그냥 해."

"예?! 아, 아닙니다."

"그럼 왜 그렇게 쳐다봐?"

"죄, 죄송합니다. 시정하겠습니다."

떨리는 목소리.

그것에 무언가 불안해하는 감정이 잔뜩 묻어 나온다.

억지웃음을 지으며 정면을 응시하지만, 카차노프는 좀체 마음을 다잡을 수 없었다.

한 장면과 대화가 머릿속을 맴돌고 있었기 때문이다.

대련에서 졌다는 말과 패배감에 젖어 있는 차르의 모습.

딥 블루 내에서의 입지와 지금까지 봐 온 모습을 고려하면 두 눈으로 목도했음에도 믿기지 않는 광경이었다.

그것은 안 그래도 심난했던 심경에 불을 지피고, 기름을 끼얹었다.

때문에 현재 카차노프의 속은 타들어 가다 못해 전소되기 일보 직전이었다.

덜컹거리는 차의 승차감에 재건이 불편을 느끼진 않을지 혹은 내부의 온도가 너무 차갑지는 않은지.

노심초사, 모든 것이 그녀의 신경을 곤두세웠다.

재건은 그런 그녀를 조용히 바라보았다.

해 본 적 없는 존댓말에 평소 알던 것과는 확연히 동떨어진 모습.

무엇이 그녀를 한순간에 변하게 만들었을까?

고민도 잠시, 이내 아까 전의 장면이 슬며시 떠올랐다.

'설마 그거 때문에? 의외로 소심한 구석이 있네.'

오랜 세월 봐 온 것은 아니나 지금까지 마주한 카차노프는 당돌했으며, 언제나 활기찼다.

한데 그녀가 이렇게 주눅 들어 버린 데에는 아마도 자신에게 이유가 있을 것이리라.

겉으로 내색하지 않으려 하지만, 불안정하게 요동치는 마나와 시시때때로 곁눈질하는 모습만 봐도 충분히 알 수 있었다.

재건은 그 변화의 원인을 소멸시키기 위해 입을 열었다.

우물쭈물 얼어붙어 있는 그녀는 영 매력이 없으니 말이다.

"카차노프, 차르 말은 신경 쓰지 마. 평소 하던 대로 하면 돼. 부탁할게. 난 그게 더 편하거든."

"……예, 노력하겠습니다."

"쓰읍. 존댓말 하지 말고."

"예! 아, 아니…… 그, 그래."

억지로 하는 거긴 하지만, 한결 나아진 말투와 목소리.

재건은 의자를 뒤로 젖히고 눈을 감으며 말했다.

"도착하면 깨워. 아, 그리고 혹시 차르가 뭐라고 하면 내 이름 팔아. 그게 뭐든 내가 시켰다고 하면 될 거야. 그냥 든든한 뒷배 하나 생겼다고 생각해."

그때 카차노프의 두 눈이 휘둥그레졌다.

그녀의 마음을 사로잡는 매혹적인 단어가 하나 있었다.

든든한 뒷배.

'그래! 내가 그렇게 행동한 게 불편했으면, 진작에 그냥 죽

였겠지?! 이재건도 그런 내가 마음에 든 거야!'

그러니 무례한 언행에도 별소리 안 했을 테고.

이제는 뒷배까지 자처하며 자신을 달래고 있지 않은가?

그녀는 난제를 풀어낸 수학자처럼 기뻐했다.

물론, 그녀 입장에서는 생사가 걸려 있던 것이니 그 이상의 난제를 풀어냈다고 해도 과언이 아니었다.

끼익-!

기쁜 마음에 급브레이크를 밟자, 누워 있던 재건이 앞으로 튀어 올랐다.

안전벨트가 아니었다면 앞으로 튕겨져 나갔을 터였다.

그런 와중에도 재건은 주위를 살피며 말했다.

"뭐야. 야생 동물이라도 튀어나왔어? 아닌데. 아무것도 없잖아."

그때 카차노프가 재건을 와락 끌어안았다.

"왜 이래?"

"조용! 이 아름다운 누님이 안아 주면 그냥 감사합니다 하고 받으면 되는 거야."

이에 재건은 고개를 저으며 그녀를 떼어 냈다.

"이랬다가 저랬다가 아주 이중인격이 따로 없네……."

획-

한 아리따운 여성이 녹빛 장발을 찰랑거리며 고개를 젖혔다.

이에 레드와 무언가를 만지작거리던 초롱이가 그녀를 따라 고개를 돌리며 말했다.

"엄마, 왜 그래? 저기 뭐 이써?"

"아니, 웬 파리 한 마리가 꼬인 것 같은 느낌이 들어서 말이야."

"파리? 어디?"

즉시 온몸을 비롯해 주위 구석구석을 흘깃거리는 초롱이.

"없는데??"

아이가 동그래진 눈으로 자신을 바라보자, 릴리스가 피식 웃으며 사랑스러운 눈길을 보냈다.

"엄마가 착각했나 봐. 엄마 걱정은 말고 편안하게 놀렴."

"웅!"

활기찬 대답과 함께 초롱이는 원래 있던 자리로 되돌아갔다.

그리고 앞서 만지작거리던 것을 콕콕 찔렀다.

콕 콕

"헤헤. 어때 레드야?"

"뀨웅!!"

레드는 그런 초롱이의 행동이 재밌다는 듯 소리를 내며 녀석을 따라 했다.

옆에서 이런 광경을 지켜보며 아연실색하는 이가 있었으니.

다름 아닌 레드의 아빠 '루이스 스콜라'였다.

'미쳤어…….'

두 아이(?)가 장난감 다루듯이 하고 있는 것은 버젓이 살아 있는 생명체이자 A급 몬스터 중에서도 포악하기로 소문이 자자한 유령형 몬스터 무우사.

새하얀 천을 뒤집어쓴 외관 때문에 겉보기에는 만만해 보이지만, 그 안엔 잔인무도한 본모습을 감춰져 있었다.

능력으로 사람을 홀린 뒤 무쇠도 씹어 먹는 톱니를 이용해 살아 있는 상태 그대로 박서하는 아주 매니악한 취미를 가지고 있었던 것.

한데 놀랍게도 놈은 성질을 부리기는커녕 눈에 호선을 그리며 억지웃음을 짓고 있다.

심지어는 팔을 허우적거리며 천을 나풀거리는 것이, 애교 섞인 재롱을 피우고 있는 것도 같다.

'봐도 봐도 적응이 안 돼.'

이곳은 세 드래곤과 함께 들어온 세 번째 게이트.

그 과정을 걸치며 스콜라는 두 가지 사실을 깨달을 수 있었다.

사람만 보면 죽일 듯이 달려들던 놈들도 제 목숨 아까운 줄 알고, 공포를 느끼기도 한다는 것.·

그 증거로 무우사는 몸을 바들바들 떨면서 릴리스의 눈치를 살피는 기색이 역력했다.

이것만 해도 놀라운 일인데, 두 번째 사실은 무척이나 무섭고 두려운 일이었다.

그리고 바로 지금.

그것이 눈앞에 펼쳐지려 하고 있었다.

무우사의 하얀 천 밑으로 고개를 들이밀며 장난을 치던 초롱이가 코를 틀어막으며 인상을 찌푸렸다.

"에이! 레드야, 이리 와. 이거 지지야. 지지."

"뀨우?"

레드가 고개를 갸웃거리는 사이.

초롱이가 아무것도 없는 허공에 팔을 휘저었다.

단순히 먼지를 터는 것처럼 보이는 가벼운 손짓이었지만, 그 결과는 결코 가볍지 않았다.

드래곤 특유의 순도 높은 마나.

녀석의 신형에서 뿜어져 나온 마나가 허공에 흩뿌려지며 잘게 진동했고.

이로 인해 진동된 공기가 음산한 기운으로 변모하며 일순 압축된 폭발을 일으켰다.

파앙-!

"키에에엑!!"

무우사는 외마디 비명과 함께 흔적도 찾아볼 수 없을 정도로 가루가 되어 버렸다.

저렇듯 몬스터를 장난감처럼 가지고 놀다가 흥이 떨어지면 가차 없이 죽여 버린다는 것.

오히려 몬스터가 불쌍하다 여겨질 정도.

극악무도의 끝을 달리는 초롱이었다.

'아마도 아빠를 닮은 거겠지.'

눈앞에서 고귀함 그 자체를 보여 주고 있는 저 여성에게선 그런 면모를 찾아볼 수 없으니, 당연히 아빠인 재건을 빼닮은 것일 터였다.

다시 한 번 그에게 밉보이지 말자고 다짐하며 스콜라가 조심스레 릴리스에게 말을 걸었다.

"저……."

이에 릴리스는 그에게 눈길도 주지 않으며 말했다.

"말하는 것을 허락하마."

"오늘 치 레이드는 끝났고, 여기는 말론 님이 예약해 주신 게이트가 아니지 않습니까? 그러니 다른 사람이 오기 전에 빨리 나가는 게 어떨까요?"

"네 눈에는 내 아이가 놀고 있는 것이 보이지 않는가? 저게 안 보인다면 쓸모없는 눈은 도려내야겠군."

"보, 보입니다!"

"그럼 왜 그딴 망언을 내뱉는 거지? 이 몸이 미천한 인간들이 만들어 낸 법규를 하나하나 생각하면서 움직여야 한다고 생각하나?"

"아, 아닙니다!"

한 차례 몸을 떨며 부정의 의사를 강하게 내비치는 스콜라.

잠시 망각하고 있었던 것이다.

도도하고 우아한 기품을 뽐내고 있지만, 그녀 또한 재건과 크게 다를 바 없다는 사실을.

부부는 닮는다는 말을 새삼 체감하는 순간이었다.

그런 그를 뒤로한 채 릴리스가 해맑게 웃고 있는 초롱이를 응시하며 말했다.

"초롱이가 즐거워하고 있다. 트라페울의 새끼 또한 마찬가지일 테고, 이건 녀석에게 도움이 되는 일이다. 지금 이 순간 네놈이 신경 써야 할 것은 그런 잡스런 것이 아니라, 어떻게 하면 레드가 많은 미물을 접하고 경험을 축적해 빠른 성장을 이뤄 낼 수 있을지를 생각하는 것이다."

릴리스는 드래곤의 성장에 대해 거듭 강조했다.

드래곤의 성장 잠재력은 무궁무진하며, 인간과는 궤를 달리한다는 것.

아무것도 하지 않고 가만히 있기만 해도 시간이 지남에 따라 자연스레 방대한 마나를 다룰 수 있게 된다고 말이다.

하지만 그런 성장은 인간의 생을 기준으로 하면 지난한 세월이 걸리는 일.

그렇기에 이를 촉진시키기 위해서는 드래곤뿐만 아니라 이런저런 마나를 많이 접하는 것이 최선이었다.

여러 게이트를 돌며 각기 다른 환경에 맞춰 변화된 마나와 다양한 몬스터를 접촉해 온 것도 모두 그 때문.

결국 이 모든 행동들의 목적에는 레드, 그리고 그 주인인 스콜라를 위한다는 게 전제되어 있었던 것이다.

스콜라는 황급히 고개를 숙였다.

"⋯⋯명심하겠습니다."

"그래, 네놈이 부화시켰으니 응당 네놈 혼자 그에 따른 책임을 져야 하지만, 이 몸이 함께해 주는 것에 감사하고 또 감사해라."

"예!"

실제로 릴리스는 녀석들을 방관하고 있는 게 아니었다.

근처에 머물며 최대한 드래곤 레어와 비슷한 환경을 조성하고 있었다.

인간계 특유의 마나를 드래곤의 체질에 맞게 변환시키고, 탁기를 없애 녀석이 정순한 마나를 사용할 수 있도록 돕는 것이었다.

이는 다른 성룡급 드래곤이 오더라도 수 시간 내에 힘들다며 때려치울 만한 일.

그럼에도 별다른 내색 없이 도와주고 있으니, 오히려 스콜라가 감사를 표해도 부족한 상황이었다.

'그래, 모든 게 날 위한 일이니 잠자코 기다리자.'

자신과 레드의 성장을 돕겠다는데, 앞을 가로막을 이유는 없었다.

그러던 그때.

한 헌터가 게이트 안으로 들어섰고.

곧이어 열에 달하는 이들이 뒤따라 모습을 드러냈다.

불쾌감에 릴리스의 고개가 그들을 향했고.

헌터들은 그녀와는 다른 불쾌감을 드러냈다.

"당신들 뭐야? 여긴 우리 길드가 맡은 곳인데?"

그러는 사이, 스콜라는 레드를 얼른 품속에 안아 들었고.

무리 중 한 헌터가 그 모습을 보고 소리쳤다.

"저 새끼 뭐 감췄다! 득템한 거 아니야?!"

득템.

'얻을 득(得)'이란 한자에 영어 'Item'이 합쳐진 합성어.

말 그대로 아이템을 얻었다는 뜻이면서 동시에 기대 이상의 결과를 거머쥐었다는 뜻도 내포되어 있다.

때문에 같은 득템이라 하더라도 어느 등급의 게이트에서 이뤄진 것이냐에 따라 그 느낌은 판이하게 달랐다.

게이트 등급이 높아질수록 더욱 희귀한 물건을 얻게 될 확률이 높아지니까.

뒤늦게 모습을 드러낸 일단의 무리 중 한 사람이 저렇게 놀란 듯 보이는 이유도 바로 여기에 있었다.

릴리스를 비롯한 이들이 자리하고 있는 이곳.

조금 전 초롱이가 죽인 무우사를 보면 알겠지만, 이 게이트의 등급은 A급이었다.

그런데 여기서 득템을 했다?

그게 정확히 어떤 물건이냐에 따라 편차가 있겠지만, 스킬북 혹은 아티팩트가 나왔다면 일확천금을 거머쥐며 돈방석에 앉을 수 있다는 말이나 다름없었다.

주 수입원인 마정석 따위는 당장에 내팽개칠 수 있을 정도로 어마어마한 수입이 보장되는 것이다.

재건이 딥 블루를 통해 구매한 스킬북만 해도 천억 단위는 우습게 호가하지 않았던가.

그렇기에 헌터들이 레이드를 나설 땐 항시 득템을 하지 않을까 하는 기대감을 품고 있었다.

꾸준히 노력해 부를 축적하는 것도 좋지만, 기왕지사 레이드를 하며 일시에 거금을 얻을 수 있다면 일석이조.

아니, 일석백조의 효과를 누릴 수 있었으니 말이다.

때문에 이름 모를 헌터의 '득템한 거 아니야?'라는 말은 다른 이들을 동요시키기에 차고 넘칠 만한 파급력을 지니고 있었다.

"득템?!"

"그러면 원래 우리 거라는 소리잖아?"

"당연하지! 우리는 협회에 정식으로 요청 넣고, 허가가 떨어질 때까지 기다렸다가 들어온 거잖아. 여기에서 나오는 모든 건 우리 길드 소유라는 말이다 다를 바 없는 셈이지!"

잠깐 사이에 수십 번의 대화가 오고 간다.

누군가 물음을 던지면, 가만히 듣고 있던 청중이 격하게 고개를 끄덕이며 동의하기를 반복.

그들의 행복회로는 풀가동을 넘어서 활활 타들어 갔다.

어느새 득템은 기정사실화되었고, 남자의 품 안에 감춰진 것은 귀중한 무언가로 탈바꿈한 상황.

욕망에 번들거리는 눈빛을 한 채, 대화를 끝낸 이들이 회수를 위해 저벅저벅 걸음을 옮겼다.

"어이, 좋은 말로 할 때 내놔."

"아저씨. 그거 도둑질이야. 범법 행위라고. 문제를 키울 생각은 아니겠지?"

대놓고 협박까지 해 대며 으름장을 놓는 이들이었다.

더군다나 이제 20대 초반인 스콜라에게 아저씨라니.

다소 충격적일 법도 하건만, 스콜라는 평퍼짐한 외투를 더 강하게 품으며 레드를 보호하는 데 여념이 없었다.

레드는 이미 세상에 공개되었기에 하등 그럴 필요가 없었음에도 그간의 습관이 몸에 익어 버린 탓이었다.

"이, 이건 물건이 아니에요."

하나 그런 행동은 오히려 불 위에 기름을 끼얹는 꼴이었으니.

저들의 눈에는 귀중한 것을 감추는 것으로밖에 보이지 않았다.

"그러니까, 그게 뭔지 좀 보자고. 여긴 우리가 따낸 게이트고, 당신들은 이곳에 허락도 없이 들어온 거니 우리한테 그럴 권리는 있잖아?"

"아······."

스콜라는 말을 길게 늘어뜨리며 릴리스에게 구원의 눈길을 보냈다.

그 순간 그녀를 대신해 나선 이가 있었으니.

그의 큰 키와 펑퍼짐한 외투에 가려져 있던 초롱이였다.

"너네 뭐야? 너희 때문에 우리 레드가 불안해하잖아."

"응? 꼬마야, 어른들 대화하는 데 끼어들고 그러면 안······."

차분하게 타이르듯 말하던 이가 한순간 말끝을 흐렸다.

마치 못 볼 것을 봤다는 듯 흔들리는 눈빛.

그제야 상황의 이상함을 인지한 것이었다.

다름 아닌 게이트 내부.

저등급 게이트만 해도 그럴진대, 심지어 A급 게이트라면 일반인은 발을 딛는 순간 마나를 감당하지 못하고 흔적도 없이 사라진다.

그런 곳에 꼬맹이가 있다니?

상식적으로 벌어질 수 없는 상황을 마주한 그들의 표정이 순식간에 변모했다.

그리고 동시라 해도 과언이 아닐 정도로 모두가 순식간에 거리를 벌렸고.

유일한 S급 헌터이자 길드장인 '메릴'이 소리쳤다.

"다들 알고 있지? 여기는 유령형 몬스터가 나오는 곳이야."

"무슨 말인지 알아."

"와, 하마터면 홀릴 뻔했네."

나름 베테랑답게 각자 마나를 끌어올리며 대비하는 헌터들.

두 눈으로 직시한 세 사람(?)을 몬스터라 단정 지은 것이었다.

메릴은 진중한 눈빛으로 빠르게 상황을 파악했다.

'A급 몬스터가 셋.'

반면 자신들은 B급 3명, A급 6명, S급 1명으로 이루어진 팀.

무리 없이 상대할 수 있으리란 판단이 들었다.

S급인 자신이 포함되어 있음에도 간신히 진입을 허가받은 것은 순전히 안전을 중요시하는 미국 헌터 협회의 보수적인 태도 때문이었으니까.

그 또한 컨택트를 앞으로 내세우며 모든 준비가 끝마쳤고.

"어어?"

스콜라가 당황한 음성을 토해 냈다.

갱단에 휘말려 눈칫밥 인생을 살았던 그다.

헌터들의 언행과 상황을 미뤄 보면 상황이 좋지 않게 흘러감을 인지한 것이다.

"뭐, 뭔가 오해가……."

하나 이미 결론을 내려 버린 그들은 누구도 스콜라의 말을 귀담아 듣지 않았다.

아니, 오히려 말로 사람을 홀리려는 간악스러운 몬스터라며 귀를 막아 버렸고.

메릴의 음성이 울려 퍼지며 불길함은 현실이 되었다.

"외형을 자유자재로 바꿀 수 있는 놈들이다. 치니! 이대로 싸우기는 꺼림칙하니, 먼저 놈들이 민낯을 드러내게 하자고."

"오케이~ 맡겨만 주라고."

무리의 중심에 위치해 있던 치니라 불린 여성.

마나가 움직이며 그녀의 지팡이가 반짝였다.

그와 함께 그녀의 위로 빛이 모여들더니, 이내 그것은 종의 형상을 띠었다.

-진실의 종.

유령형 몬스터에 특화되어 있는 스킬.

일정한 형태를 지니지 않아 물리적 공격이 제대로 통하지 않는 놈들에겐 형태를 갖게 하고.

다른 모습으로 변모한 놈들은 원래의 형상으로 되돌리는 위력을 지닌 스킬이었다.

그녀는 눈앞에 드리워진 줄을 잡으며 씨익 웃어 보였다.

"네놈들의 추악한 민낯을 드러내거라!"

때앵-!!

종이 울리며 백색의 마나 파장이 일어났고.

순식간에 세 사람을 스쳐 지나갔다.

"말도 안 돼……."

뒤이어 흘러나오는 치니의 믿을 수 없다는 듯한 침음.

그도 그럴 게, 눈앞의 세 사람에게선 어떠한 변화도 찾아볼 수 없었다.

뭔가 잘못된 것일까?

때앵-!!

혹시나 싶은 마음에 다시금 줄을 당겨 보지만, 결과는 매한가지.

셋에게선 눈곱만큼도 달라진 게 없었다.

어찌 보면 당연한 일이었다.

스콜라를 비롯한 그곳의 누구도 유령형 몬스터는 없었으니까.

오히려 초롱이는 경쾌한 소리와 함께 일어난 바람이 재밌다는 듯 웃어 댔다.

"헤헤헤!! 재밌는 인간이야~ 나 순간적으로 몸이 움찔움찔했어! 또 해 봐, 또! 응?"

변형된 모습을 돌린다는 스킬.

그것이 폴리모프 상태에 있는 초롱이의 신경을 자극한 것이었다.

만약 그녀의 등급이 SS급이었거나 혹은 스킬 등급이 SSS급에 달했다면 폴리모프가 해제될 수도 있을 터였다.

아니, 어쩌면 그런 일이 벌어지지 않은 게 그녀에겐 다행스런 일일지도 몰랐다.

혹여 폴리모프가 해제되며 드래곤의 본신을 마주하게 되었다면, 그때 느꼈을 당황은 지금과는 궤를 달리했을 테니까 말이다.

반면 그런 사실을 알 턱이 없던 치니가 떨리는 손으로 다시금 줄을 잡아당기려는 찰나.

따악-

릴리스가 손가락을 튕겼고.

파앙-!!!

종이 울렸을 때와는 비교도 되지 않는 파장이 일어난다.

먼 거리에서 단순 손가락을 튕긴 것뿐임에도 그것은 진실의 종을 파괴하고, B급 헌터들을 혼절시켰다.

A급 이상의 헌터들도 간신히 버텨 내고 있을 뿐, 온몸을 옥죄는 기운에 거친 숨을 몰아쉬기 일쑤였다.

"허억."

"크허억."

그들 중 유일하게 자세를 유지하고 있는 이는 S급 헌터인 메릴뿐.

그러나 그 또한 작금의 상황이 당황스럽기는 마찬가지였다.

'고작 A급 몬스터가 저런 힘을 발휘한다고?'

잘못돼도 한참 잘못됐다.

설령 S급 보스 몬스터가 입구까지 나왔다고 해도 저 힘은 말이 되지 않았다.

"젠장…… 하여튼 협회 새끼들 하는 짓이 그렇지. 게이트 등급 측정 하나 제대로 못하는 놈들이 무슨……"

측정이 잘못된 게 아니고서야 이런 결과가 일어날 리는 없었다.

하지만 분노는 잠시 가라앉혀 둬야 할 때.

나가서 협회를 뒤엎는 것도 우선은 이곳을 빠져나간 뒤에야 가능한 일이었다.

"후퇴한다! 기절한 애들은 들춰 업어!"

베테랑이며 리더답게 대처는 빠르게 이어졌고.

그러면서 방패를 들어 앞으로 내밀었다.

그의 손에 들린 것은 A급 아티팩트 '신성의 방패'.

신성력을 이용해 해골형, 유령형 같은 몬스터를 상대하는 데에 있어서는 S급에 버금가는 위력을 발휘하는 무구였다.

다른 때라면 모를까, 이곳이라면 다른 길드원들이 도망갈 때까지 시간을 벌기엔 충분할 것이었다.

-신성(神聖)!

구우웅-

푸른 마나와 하얀 빛이 한데 섞여 그의 방패를 감싼다.

유령형 몬스터의 공격을 막는 것은 식은 죽 먹기고, 닿기만 해도 불에 타오를 정도의 강한 신성력이 흘러넘치는 것이었다.

"지성이 있는 놈들이니 이게 뭔지 알겠지."

이에 릴리스가 방패를 쳐다보며 눈을 빛냈다.

"호오라. 신성력? 인간 주제에 분에 넘치는 힘을 쓰는구나."

또각또각 구두 소리와 함께 앞으로 걸어가는 그녀.

유령형 몬스터라고 단정 지었던 메릴마저 매료될 만큼 그녀의 자태는 치명적이었다.

이에 메릴은 유혹을 털어 내기 위해 방패에 혼신의 마나를 쏟아부었다.

화악-!

마나와 반응해 방패는 눈부실 정도의 빛을 머금고, 신성력은 더욱 활활 타올랐다.

부웅-!

그는 방패를 위협적으로 휘두르며 소리쳤다.

"가까이 오지 마라! 네놈이 아무리 강하다 해도 이것을 버틸 재간은 없겠지."

"네놈? 지금 이 몸에게 그런 것이냐?"

메릴은 길드원들이 몸을 추스르는 모습을 보면서 대답했다.

아주 조금만 더 시간을 벌면, 모두가 달아날 수 있을 터였다.

"그래, 이 썩어 죽을 몬스터 놈아. 비록 지금은 이렇게 후퇴하지만, 곧 네놈을 죽이러 다시 올 테니 조금만 기다리고 있어라."

"몬스터라…… 역시 인간은 가장 추악한 생물이야. 가만히 있던 우리를 건드린 것은 네놈들이지 않은가?"

"개수작 부리지 마라! 내가 그런 간악한 술수에 넘어갈 줄 아는가!"

"대화를 할 생각이 없다는 건가?"

길게 뻗은 다리에 잡티라고는 찾아볼 수 없이 윤기 나는 피부.

거기에 마음을 사로잡는 청아한 목소리까지.

무릇 남자라면 실로 매혹적인 자태의 그녀와 대화를 나누고 싶어 할 터였지만, 메릴은 거칠게 고개를 저었다.

그에게 있어 그녀는 몬스터 그 이상도 이하도 아니었으니까.

"몬스터 따위와 나눌 대화는 없다."

릴리스는 피식 웃으며 옆을 바라봤다.

"초롱아, 잠깐 저~기 가서 놀고 있을래? 여기 이 인간도 데리고."

"왜?"

"음. 우리 초롱이는 형이니까 괜찮지만, 레드는 아직 어리잖아? 굳이 이런 걸 봐서 좋을 게 없단다."

형이라는 말에 기분이 좋아졌는지 초롱이와 광대가 승천했다.

"맞아! 내가 형이야!"

"그래, 형이라면 동생을 아끼고 보살펴 줘야겠지?"

"웅! 먼저 가서 놀고 있을 테니까 빨리 와야 돼?"

"그래."

초롱이는 스콜라의 옷깃을 잡고 그를 이끌었다.

"어어? 릴리……!!"

무언가 할 말이 많은 듯 소리치지만, 스콜라가 초롱이의 힘을 당해 낼 재간은 없었고.

쒜엑-!

초롱이가 움직임에 따라 그는 붕 떠오른 채 가공할 속도로 사라져 버렸다.

릴리스는 다시 메릴에게 고개를 돌리며 생각했다.

'나도 모르는 사이에 그에게 많이 물들었군.'

먼저 나서서 미천한 인간과 대화를 나눈다는 건 단 한 번도 생각해 본 적 없는 일이었다.

원래 성격대로였으면 눈앞에 있는 이들은 진작에 가루가 되어 사라졌을 터.

모든 게 재건 때문이었다.

수천, 수만 년을 사는 드래곤에게는 찰나에 불과한 시간이었지만, 그와 함께하는 짧은 시간이 그녀에게 변화를 가져오고 있었던 것이다.

물론, 완전히 변한 건 아니었기에 인내심의 한계도 여기까지지만.

"이 몸은 분명히 대화를 나눌 기회를 줬다. 그럼에도 그것을 걷어찬 것은 너의 선택."

말과 동시에 일순 모든 이들의 행동이 멈췄다.

기운으로 몸을 짓눌러서?

아니었다.

헌터란 경험이 많을수록 작은 움직임에도 마나를 동반한다.

순수 육체 능력을 사용하는 것보다는 그게 훨씬 효율적이기 때문.

게다가 지금은 위기 상황이었으니 혼신의 마나를 사용하고 있었다.

한데 순간적으로 모든 마나가 사라지면서 행동에 제약이 걸린 것이었다.

이마저도 놀랄 일인데, 그들을 더욱 당황스럽게 만드는 존재가 눈앞에 떠올라 있었다.

"……!"

그녀의 뒤로 나타나 있는 반투명한 상태의 몬스터.

아니, 정확히 말하자면 거대한 눈동자였다.

이를 마주한 것만으로도 숨이 턱 막히고, 형용할 수 없는 공포를 느끼며 몸을 떨었다.

몸을 움직이기는커녕 달아난다는 생각조차 할 수 없었다.

그들의 뇌리는 온통 죽음에 대한 것으로 물들었다.

이렇게 죽는 건가, 너무 허망한 죽음이다.

이런 잡다한 생각이 섞인 게 아닌 그냥 '죽음'이라는 두 글자였다.

그것은 길드원들이 달아날 시간을 벌기 위해 신성의 방패를 앞세우던 메릴도 마찬가지.

방패에 덧씌워져 활활 타오르던 신성력은 온데간데없이 사라졌고.

그녀를 마주하는 두 눈동자는 공포에 잠식되어 감길 줄도 모른 채 눈물을 주르륵 흘러내렸다.

릴리스는 그들을 향해 천천히 걸음을 내디뎠다.

그녀의 걸음은 종잇장처럼 가벼웠다.

조금 전까지 일던 구두 소리도 없었다.

그럼에도 불구하고 한 걸음 걸을 때마다 지면에 균열이 일어나고, 게이트를 이루는 외벽에서 돌가루가 쏟아졌다.

이윽고 메릴의 앞에 선 릴리스는 그를 향해 손을 뻗었다.

그리고 손가락으로 눈물을 닦아 내며 말했다.

"두려운가? 내가 너희들을 죽일까 봐?"

당연하게도 그 누구의 대답도 들려오지 않았다.

하지만 그녀는 애초에 기대하지 않았다는 듯 손에 묻은 눈물을 매만지며 말을 이었다.

"나는 너희들을 죽이지 않고, 자비를 베풀 것이다. 하나 이 몸에게 겁도 없이 힘을 사용하고, 기회를 줬음에도 그것을 걷어찬 데 대한 죄는 물어야겠지."

릴리스가 손을 들어 올리자 그녀의 손에 묻어 있던 눈물이 공중으로 떠올랐다.

비단 메릴뿐만 아니라 힘겨워하는 다른 이들의 눈물 또한 동일했고.

혼절했던 이들이라고 해서 다를 건 없었다.

그렇게 공중에 자리 잡은 열 사람의 눈물이 한데 모이더니, 이내 형형색색의 빛을 띠었고.

그것은 순간 검게 물들며 다시 원주인을 향해 쏘아졌다.

"너희들은 이제 눈물도 흘리지 못할 것이다. 억울한 일을 당한다 한들, 기쁜 일이 있다고 한들, 혹은 눈앞에서 가족이 죽어 나간다 해도 말이다. 그것이 이 몸이 너희에게 내리는 벌이다."

릴리스가 이런 벌을 내린 것은 처음 마주했을 때 보였던 그들의 추악한 면모를 읽었기 때문이다.

죽여서라도 빼앗고야 말겠다는.

하여 인간으로서 지녀야 할 감정 중 하나를 거뒀다.

릴리스가 검은 눈물을 흡수한 뒤 그대로 혼절한 이들을 바라보았다.

누군가와 공감하지 못한 채 평생을 감정이 메마른 인형처럼 살아가게 될 것이다.

이내 신형을 돌려 초롱이가 있을 곳으로 발걸음을 옮기는 그녀.

또각거리는 소리가 들려올 때마다, 그녀의 입꼬리가 서서히 말려 올라갔다.

'내가 인간을 죽이지 않다니. 그이가 알면 나를 얼마나 칭

찬할까.'

자신을 칭찬할 재건을 떠올리며 얼굴을 붉히는 릴리스였다.

◇ ◆ ◇

게이트 내부를 집 앞 공원처럼 거니는 세 드래곤.

그 뒤를 따르는 스콜라로서는 상상도 해 본 적 없는 일들이 연달아 펼쳐졌다.

A급 몬스터 무우사.

자신이 상대했다면, 큰 중상을 감내해야만 했을지도 모를 놈이다.

그런 존재가 고작 레드의 촉감 놀이에 사용되는 소품으로 전락한 지 오래다.

이후 제 역할을 다했을 땐, 초롱이의 콧바람에 가루가 되어 흩날렸다.

비유가 아니라 진짜로.

'무슨 재채기로 A급 몬스터를…….'

경악을 넘어 태어나 처음 겪는 감정이었다.

도대체 이것을 어떻게 표현하면 좋을까?

흔히 말하는 스치면 사망?

'차라리 스치기라도 했으면 이런 생각이라도 안 들지.'

어휘력이 좋지 않은 그로서는 수십 번을 곱씹어 봐도 마땅히 표현할 방법이 떠오르지 않았다.

그래서 그는 생각을 멈추기로 했다.

드래곤의 힘에 대해 의문을 품는 건 사치나 다를 바 없었다.

그저 있는 그대로를 받아들이며 묵묵히 뒤따르는 게 자신의 소임이었으니 말이다.

그렇게 그가 고개를 주억이는 순간에도 또 한 마리의 무사가 가루가 되어 사라져 가고 있었다.

놈을 끝으로 더 이상의 일반 몬스터들은 나타나지 않았다.

뒤이어 마주한 널따란 공간.

직감적으로 보스 몬스터가 있는 곳이라는 것을 알 수 있었고, 예상대로 한 존재가 서서히 모습을 드러냈다.

해골인지 악마인지 알 수 없는 괴상한 외형이었다.

성인 남성 2명을 일자로 세워도 눈높이가 맞지 않을 정도의 높이.

그에 반해 종잇장같이 형편없는 몸과 더불어 땅에 질질 끌어야 할 정도로 긴 팔.

어찌 보면 위용이 한없이 떨어져 보인다 할 수 있었지만, 실제로 마주하며 느낀 감정은 판이하게 달랐다.

놈의 외견은 별 볼 일 없어 보이면서도 그로테스크함을 한층 가중시키고 있었으니 말이다.

'죽음공책의 사신 같네.'

눈을 마주치기만 해도 머리털을 곤두서게 만드는 형형한

눈빛도 그랬고.

온몸에서 스멀스멀 피어로는 불길한 기운 또한 그랬다.

놈이 바로 이곳 A급 게이트의 보스 몬스터인 가리온.

C급 혹은 B급 게이트를 전전했던 스콜라로서는 처음 보는 S급 몬스터의 위용에 몸이 움츠러들 수밖에 없었다.

하지만 그것도 잠시뿐.

공포는 사그라들고 어느새 놈을 담담하게 마주할 수 있었다.

초롱이와 릴리스라는 무엇이든 막을 수 있는 방패이자 무엇이든 뚫을 수 있는 창을 동시에 거머쥐고 있었으니 두렵지 않을 수밖에.

'저놈은 콧바람 몇 번이나 버티려나?'

그래도 나름 보스 몬스터니 한 방에 날아가 버리진 않겠지.

그런 상상을 하며 미소 짓는 찰나.

가리온이 눈앞에서 멀뚱거리고 있는 생명체에 대한 적개심을 드러냈다.

"키기기힉."

칠판을 긁는 것 같기도, 광기를 띠는 여성이 웃는 것 같기도 한 소리가 놈의 입에서 흘러나오고.

그것이 넓은 동공에 메아리치며 꺼져 가던 스콜라의 위기감에 불을 붙였다.

'뭐지? 지금까지의 전개와는 확연히 다른데?'

무우사는 드래곤이 앞에 있는 탓에 아무것도 해 보지 못하고 벌벌 떨기 바빴고, 심지어는 억지로 웃어 보이기까지 했건만.

반면 놈은 명백한 적의를 표한다.

무우사는 A급이었고, 놈은 S급이라서?

그렇다고 쳐도 뭔가 이상했다.

한 등급의 차이에 쉬이 메울 수 없는 간극이 있다지만, 드래곤에 비할 바가 아니었다.

거기에 자신만을 지그시 노려보고 있는 가리온의 눈빛까지.

등 뒤로 느껴지는 싸한 기운에 스콜라가 황급히 고개를 돌려 릴리스가 있는 곳을 쳐다봤고.

그의 표정은 대체 이게 무슨 상황이냐는 듯한 감정으로 물들 수밖에 없었다.

어느새 릴리스와 초롱이가 거리를 벌려 멀어져 있었고.

자신의 옆에는 오직 레드만이 자리해 있었던 것.

뒤이어 들려온 음성은 스콜라가 온몸을 떨게 만들기에 부족함이 없었다.

"레드랑 같이 싸워서 이겨 봐."

"화이팅!! 우리 레드, 저런 미물은 잡을 수 있어야 돼!"

"그게 대체 무슨……."

A급 몬스터도 아니고 S급 몬스터를 잡으라니.

게다가 레드는 고작해야 태어난 지 얼마 되지 않는 헤츨링에 불과했다.

그런 둘더러 저 살기등등한 놈을 잡으라고?

믿는 도끼.

아니, 절대적으로 신뢰했던 창과 방패에 배신을 당한 스콜라는 당황한 기색을 감추지 못했다.

"저, 저걸 제가 어떻게 잡아요!"

하나 그의 당황 섞인 반문에도 두 드래곤은 가만히 지켜볼 뿐, 나설 기미는 보이지 않았다.

그때 가리온의 긴 팔이 움직였다.

드드드득.

관절이 없는 건지, 전혀 구부러지지 않은 채 포클레인처럼 땅을 그으며 앞으로 들어 올려지는 팔.

얇디얇은 외형과 달리, 그 안에 담긴 힘을 절대 무시해선 안 됐다.

게이트 내부를 이루고 있는 중석(重石)이 위명과 다르게 박살 나며 사방으로 비산하고 있었으니 말이다.

"이······!"

스콜라는 옆에서 멀뚱거리고 있는 레드를 껴안고 재빠르게 바닥을 뒹굴었다.

그러면서도 다시 한 번 뒤편을 바라봤다.

말은 저렇게 해도 혹시나 마음을 바꿔 도와줄지도 모를 테니까.

하지만 그런 기대에도 불구하고, 파편이 위협적인 소리를 내며 날아옴에도 초롱이와 릴리스는 별다른 대처를 꺼내 들지 않았다.

어차피 저런 돌 따위로는 드래곤의 육체는 간지럽지도 않기 때문에?

합당한 추론이다.

한낱 S급 몬스터가 전력을 다해도 모자랄 판에, 저것은 쓸데없이 기다란 팔을 감당하지 못하고 부서져 나간 돌 조각에 불과했으니까.

하지만 그 때문은 아니었다.

휘이익-

쾌속으로 비행하던 중석 조각이 그들의 앞에 다다르자 급격하게 방향을 틀었다.

마치 선량한 학생이 골목길에 들어서다 담배를 뻐끔 피워 대는 양아치를 목격했을 때와 같이.

무언가에 막힌 듯 꺾어진 조각들이 힘없이 바닥으로 떨어져 내렸다.

이 모든 게 육안으로는 식별할 수 없지만 두 드래곤의 주위에 펼쳐진 마나기장 덕분이었다.

사람도 스티로폼으로 맞으면 기분이 좋지는 않은 법.

아무리 강인한 육체를 가진 그들도 무언가가 자신의 몸을 때린다는 것은 불쾌했다.

이런 사태를 방지하고자 물리적인 방어는 물론, 가리온에게 존재감을 가려 주는 역할까지 겸해 줄 마나기장을 주위에 펼쳐 뒀던 것.

그 영향으로 현재 가리온의 눈에는 스콜라와 레드.

둘만 보인다는 것.

놈이 마음껏 날뛰고 있는 것도 그에 기인한 것이었다.

때문에 중석을 피하려 바닥을 몇 번이나 구른 스콜라의 앞에는 어느새 놈의 팔이 쇄도하고 있었다.

팟-!

정말 아슬아슬하게 놈의 팔이 안면을 스쳐 간다.

하지만 그 순간 아직 굽혀져 있던 손가락이 펴지면서 그를 가격했다.

빠악-!

"크윽."

불안정한 자세로 레드까지 안고 있던 탓에 팔로 가드할 수밖에 없던 상황.

스콜라는 뒤로 몇 바퀴나 구르고 나서야 자세를 고쳐 잡을 수 있었다.

"레, 레드야 괜찮아?"

그는 욱신거리는 통증도 잊은 채 품 안에 있는 레드의 안위를 살폈다.

"뀨-우??"

다행히도 녀석은 천진난만한 웃음을 보였고, 그에 안도한 스콜라는 가리온의 위치를 확인하고 녀석을 내려놓았다.

두 드래곤은 전혀 도와줄 기미가 없어 보이고, 진짜 놈을 상대해야 한다면 레드를 안고서는 불가능했기 때문이었다.

"레드야, 아빠가 어떻게든 해낼 테니까. 걱정 말고 멀리 떨어져 있어."

스콜라가 얇은 세검을 컨택트로 소환하자 초롱이가 그를 보고 배꼽을 잡았다.

"하하! 엄마 쟤 좀 봐. 미물이랑 똑같이 생겼어."

종잇장처럼 가는 몸과 긴 팔에 세검의 길이가 더해지자 흡사 가리온과 비슷한 외형을 갖춘 것이었다.

그러나 스콜라는 신경을 긁는 소리에도 놈을 주시하는 데 전념했다.

까딱 잘못하는 사이에 목이 떨어질 수 있는 게 놈과 자신의 격차.

한시라도 긴장을 놓아서는 안 됐다.

"후우."

미칠 듯이 요동치는 심장을 큰 심호흡으로 달랜 그는 놈이 움직이는 순간에 맞춰 자리를 박찼다.

-대시(Dash)!

예리한 송곳처럼 쇄도하는 기다란 팔.

몸을 수그린 상태에서도 대시를 이용해 파고든 스콜라는 놈의 약점으로 보이는 얇은 몸을 향해 세검을 휘둘렀다.

한데 몸이 의외로 단단했던 것일까?

채애앵-!

맹렬한 스파크가 일어나고, 무언가를 베는 감촉 대신 단단한 것을 때렸을 때처럼 진한 고통이 밀려왔다.

그 원인은 금세 깨달을 수 있었다.

가리온의 몸을 둘러싸고 있는 검은 장막.

종잇장 같은 몸의 약점을 보완할 무기를 지니고 있었던 것이다.

"……!"

온몸의 털이 쭈뼛 설 정도로 섬뜩함이 전해졌다.

본능적으로 위험을 직감한 스콜라가 뒤로 몸을 내빼려는 사이, 그보다 먼저 장막이 꿈틀거렸다.

볼록-

흑색의 구체가 허공에 떠오르며 그를 향해 쇄도했다.

스콜라는 이대로 회피할 수는 없다는 것을 깨닫고, 세검을 들어 올렸다.

-가드(Guard)!

팽팽한 마나가 그의 앞에 덧대어졌고.

흑구(黑球)가 그대로 가드를 덮치려는 그때.

"크아앙!!"

폴짝 뛰어오른 레드가 선홍빛 화염을 토했다.

화아아악-!

막아서는 기운을 밀어내려는 흑구와 이를 녹이려 하는 화염의 팽팽한 대립.

이를 바라보는 스콜라는 암울했던 상황에 한 줄기 광명이 비추는 것 같았다.

태어난 지 얼마 되지 않은 해츨링이라고는 하지만, 레드도 엄연한 드래곤.

초롱이나 릴리스 같은 수준까지 기대하진 않았지만. 어쩌면 이 싸움의 승기를 잡을 수 있지 않을까 내심 기대가 되었다.

그러나 그것도 잠시.

"안 돼!"

스콜라가 고함을 지르며 레드를 안아 들었고, 그는 묵직한 것에 가격당해 튕겨져 나갔다.

퍼억-! 콰아아앙!!

자유 상태에 있던 가리온의 팔이 그를 때린 것이었다.

"커헉."

총알처럼 날아 한쪽 구석에 처박힌 스콜라는 거친 숨과 함께 피를 토했다.

몸 상태를 체크해 보지만, 더는 움직일 수가 없었다.

일격에 온몸의 뼈가 으스러진 듯했다.

보호한다고 보호했건만, 레드의 상태도 그다지 좋아 보이지 않았다.

"뀨-우……."

피를 흘리며 작은 신음을 토해 내면서도 오히려 스콜라의 볼을 핥으며 아빠를 걱정하는 녀석.

스콜라는 미안함과 자신에 대한 한심함에 눈물을 흘렸다.

"미안해. 아빠가 못나서 아프게 만들었네……."

"뀨웅……."

그런 둘의 모습을 멀찍이 떨어져 바라보고 있던 초롱이가 움직이려는 찰나.

릴리스가 손을 들어 앞을 가로막았다.

"아가, 가만히 있거라."

"왜! 우리 레드를 저렇게 만들었는데, 저걸 가만히 보고 있으라는 거야?"

"아직은 때가 아니다."

초롱이의 반문에도 릴리스는 어떠한 감정이 느껴지지 않는 사람처럼 단호했다.

그녀로서는 지금 확인하고 싶은 게 있었다.

어디까지나 그녀가 지금 이곳에 있는 이유는 레드가 광룡이 될지 안 될지를 판단하기 위함.

조금 전 녀석은 브레스까지는 아니어도 상당한 힘을 사용했고, 절체절명의 위기의 순간이라면 그보다 더한 힘을 사용할 가능성이 있었다.

'트라페울의 새끼라면 여기서 광폭화할 수도 있겠지.'

극한의 상황에서 사람의 본성이 튀어나오듯 저 녀석 또한 제 본모습을 드러낼 것이었다.

그렇게 초롱이를 붙든 채 릴리스는 가만히 정면을 응시했고.

그녀의 눈빛이 닿은 그곳에선 가리온이 땅위를 유영하며 어떤 구원의 손길도 닿지 않는 둘에게 향하고 있었다.

스콜라는 혼신의 힘을 다해 레드를 옆으로 던졌다.

쿠구구궁.

날개가 접히며 동그랗게 말린 핏덩이가 바닥을 구르고.

녀석은 글썽거리는 눈으로 스콜라를 향해 다시 뛰었다.

짤막한 다리로 탁탁 튀어 오르고, 몸집에 비해 현저하게 작은 날개를 파닥거렸다.

레드는 스콜라의 앞에서 비행하며 글썽거리는 눈으로 울부짖었다.

"크와아앙!!"

그 순간 가리온이 움찔하며 움직임을 멈췄고.

그와 동시에 릴리스의 두 눈에 이채가 서렸다.

"호오."

이내 그녀가 초롱이를 잡고 있던 손을 슬그머니 놓았다.

"가서 도와주렴."

초롱이는 대답 없이 놈의 앞으로 순간이동했다.

잠깐 움찔하고 다시 움직이던 가리온이 완전히 움직임을 멈춘 것도 그때였다.

기기긱거리며 괴상한 소리를 내던 입이 이제는 달그락거

리는 소리를 냈다.

위대한 생명체를 마주하며 공포에 젖어 버린 것이었다.

하나 초롱이는 녀석을 가엾게 여기지 않았다.

"미물 주제에!"

분노 섞인 일갈이 터져 나오자 공동에 지진이 일어나고, 돌가루 떨어진다.

요동치는 마나에 초롱이의 머리카락이 흩날리고, 눈에선 눈부신 녹광이 번뜩였다.

이윽고 녀석의 입에서 나오는 용언(龍言).

"꺼져 버려."

S급 몬스터인 가리온은 발악조차 해 보지 못한 채 팔을 시작으로 한 줌의 재로 변모해 흩어졌고.

놈이 소멸하면서 마정석 하나가 경쾌한 소리를 내며 바닥을 굴렀다.

그것은 수면 위로 떠오른 연어와 같았고, 녹광이 일던 눈은 매의 눈으로 변모했다.

기회를 놓치지 않겠다는 듯 날아든 발톱은 그것을 순식간에 낚아채고 입으로 직행시켰다.

"헤헤, 너무 맛있다."

언제 분노했냐는 듯 볼을 빵빵하게 부풀린 채 마정석을 빨아 먹는 매.

초롱이가 기분 좋은 웃음을 흘렸다.

초롱이는 마나를 갈무리하며, 레드를 안아 들었다.

"괜찮아?"

"뀨우웅……."

스콜라는 해질 대로 해져 거지도 안 입을 법한 넝마를 보며 힘없는 목소리를 냈다.

"아…… 이거 아끼는 건데……."

그리고 그대로 혼절해 버렸다.

A급에 불과한데 S급 몬스터를 상대했던 것, 게다가 헌터 경험도 적은 그로서는 너무도 고단한 일과였다.

또각또각 걸어온 릴리스는 그에게 손을 뻗었다.

초록빛이 그를 감싸며 원기를 회복시키는 한편 마나를 북돋았고, 그것은 혼절해 버린 스콜라를 다시 일으켜 세우기에 충분했다.

아니, 어느 때보다 좋은 상태였다.

"고작 이런 일에 기절하지 마라. 이건 시작에 불과하며 앞으로 더 험난한 일이 많을 테니."

"하, 하하……."

스콜라는 실성한 사람처럼 웃었다.

눈앞에 있는 존재는 인간과 다를 바 없는 겉모습을 띠고 있지만 실상은 드높은 격을 갖춘 드래곤.

일반적인 사람의 사고방식과 다르다는 건 이미 알고 있었다.

하지만 이토록 공감을 못 할 줄은 몰랐다.

'나는 드래곤이 아니라 사람이란 말입니다! 이 짓 몇 번 더 하면 진짜 죽어요!'

응어리진 울분이 목 끝까지 차올랐다.

생각 같아서는 욕을 한 바가지 퍼붓고 싶었지만, 그것도 생각에만 그칠 뿐.

한 줌의 재가 되어 버린 가리온.

그와 같은 꼴이 되고 싶지는 않은 스콜라였다.

게이트가 클리어됐으니 밖으로 향하는 한 사람과 세 드래곤.

레드는 스콜라의 품에 안겨 깊은 잠에 들었다.

그렇게 게이트의 입구에 다다르자 한곳에 널브러져 있는 몇몇이 시야에 들어왔고.

스콜라는 그들이 아무것도 모르고 릴리스에게 덤볐던 사람들이라는 것을 깨닫고는 당황한 표정을 지었다.

"설마……."

그의 혼잣말에 릴리스가 나직이 대답했다.

"죽인 것 아니니 걱정하지 말거라. 아, 이참에 그이한테 다녀와야겠군."

그러면서 발걸음을 내디뎌 게이트 밖으로 빠져나오는 순간.

말론이 그들을 향해 허겁지겁 뛰어왔다.

"여, 여기는 어떻게 들어가신 겁니까?"

"보다시피 그냥 들어갔다. 왜, 불만이라도 있는 것이냐?"

"하하…… 그럴 리가요…… 별다른 일은 없었으니 괜찮습니다."

억지웃음을 띠며 대답하는 말론.

스콜라의 모양새가 말이 아니었지만, 다행히 큰일은 없는 듯해 다행이라 여기는 그였다.

스콜라가 다가와 귓속말로 속삭이기 전까지는 말이다.

"안에 열 명이 누워 있어요……."

"……!"

만신창이 상태의 스콜라가 툭 던진 한마디.

역시나, 드래곤을 상대로 방심은 금물이었고.

그것은 말론의 발걸음을 게이트 안으로 돌리기에 충분했다.

게이트의 눈부신 빛이 눈을 감기게 하고, 이내 눈꺼풀이 들려졌을 땐 케케묵은 냄새가 코끝을 찔렀다.

유령형 몬스터가 풍기는 악취 중 하나였다.

하나 그건 하등 중요치 않았다.

"What the……."

설마 하는 심정으로 들어왔건만, 불안이 현실이 된 상황에 안 그래도 벌렁거리던 심장에 지진이 났다.

시야에 들어오는 건 널브러진 열 구의 시체들.

절대 바라 마지않았던 상황이 눈앞에 펼쳐져 있었다.

하나 말론은 놀란 가슴을 진정시키며 상황을 파악하는 데 전념했다.

'어쩌다 이런 일이 벌어지게 된 거지?'

모든 일에는 인과 관계가 있기 마련이고, 이를 따라 하나의 결과가 만들어지는 것.

어떤 연유로 인해 이런 결과가 도출되었는지를 파악할 필요가 있었다.

서서히 집중에 빠져드는 말론.

무릇 마에스트로라 불리는 영역에 접어든 자는 불협화음의 악단도 기립 박수를 이끌어 낼 수 있는 존재.

청아한 마나는 뇌리의 잡념을 씻어 내고, 그를 무아지경에 접어들게 했다.

분명히 그들에 맞춰 게이트를 예약해 줬음에도 불구하고 어째서 이곳에 들어온 것인지를 비롯해 여러 가지 가설들이 뒤섞이며 그럴듯한 결과를 만들어 낸다.

마치 악기 혹은 악단을 조율하듯이.

그렇기를 수분.

그것은 이윽고 하나의 결론을 도출했다.

'애초에 기준이 잘못됐다.'

외형만 인간과 비슷하지 그들은 엄연히 다른 존재들.

드래곤의 특성을 염두에 두지 않고, 사람과 같은 잣대를 들이밀었다는 것에서 흔히 말하는 삑사리가 난 것이다.

드래곤이 가진 강함과 특유의 오만함.

그것이 잡아 준 게이트를 너무 빠른 시간 안에 클리어하게 만들었으며, 인간들의 법규 따위는 무시하고 중지를 들어 올리며 'fuck you'라고 대응하게 이끌었을 터.

그러니 먼저 들어온 이곳은 이미 드래곤의 영역이라고 해도 과언이 아니었을 테고, 바닥에 누워 있는 저들은 그런 영역을 침범한 침입자에 불과했으리라.

그것이 말론이 내린 결론이었다.

'내 실책이다.'

드래곤의 성정을 좀 더 고민했다면, 이런 결과가 벌어지진 않았을 것이다.

애꿎은 헌터들이 목숨을 잃으며 전력을 상실할 일도 없었을 테고.

그렇게 물밀듯 밀려드는 죄책감에 어깨가 짓눌린 채, 말론이 시체들을 향해 다가갔다.

한데 거리를 좁히며 시체 주위에 다가섰을 때, 말론의 표정에 놀라움이 번져 갔다.

'사, 살아 있어?'

겉으로 보기엔 죽은 듯이 미동도 없지만, 자세히 들여다보면 들숨과 날숨으로 인해 미미하게나마 가슴이 들썩이고 있었다.

적어도 눈에 보이는 곳에는 상처가 없으며 맥박 또한 정상.

눈가에 눈물 자국이 보이긴 하나, 그들은 평온에 가까운 상태였다.

마치 잠을 자고 있다고 할까?

걱정했던 일이 벌어지지 않았음에 안도의 한숨이 흘러나 왔다.

하나 그렇다고 해서 근원적인 문제까지 해결된 것은 아니 었다.

이들이 죽지 않았다는 건 불행 중 다행일 뿐.

협회의 정식 허가를 받고 진입한 레이드 팀이 정체를 알 수 없는 침입자들에 의해 당했다는 건 변하지 않는 사실이었다.

'불법으로 침입한 이들이 헌터들을 제압했다는 게 진리다.'

두 무리 사이에 어떤 대화가 오갔고 무슨 일이 있었는지는 하등 상관이 없었다.

스콜라와 동행한 이들이 드래곤이라는 것 역시도.

'드래곤의 소행이라는 건 짐작도 못 하겠지.'

아마도 불법 침입자를 찾아 응분의 조치를 취하겠다며 한 바탕 난리가 날 것이다.

자연히 전과 다른 의미의 한숨이 흘러나올 수밖에 없었다.

헌터들이 살아 있다는 사실에 안도한 것도 잠시, 지금에 와 서는 그것이 독으로 작용하고 있었기 때문이다.

말론이 깊게 가라앉은 눈으로 시체처럼 누워 있는 이들을 응시했다.

그와 함께 발끝부터 느껴지는 게이트의 진동.

이곳이 클리어됐다는 뜻이자, 머지않아 닫히게 될 것이라는 의미였다.

'이대로 내버려 둔다면…….'

그렇게만 한다면 일은 쉽게 풀릴 것이다.

죽은 자는 말이 없는 법이니까.

게이트가 닫힘에 따라 자연스레 저들의 시체는 사라질 것이고, 어떠한 발언도 할 수 없을 것이다.

협회 또한 몬스터들에 의해 사망한 것으로 치부할 것이고 말이다.

하지만 헌터이기 이전에 사람인 탓에, 양심이 허락지 않았다.

'……살아 있는 걸 내 눈으로 봐 버렸는데, 그럴 수는 없지.'

일이 어떻게 풀리건 간에 그것은 나중에 고민할 일.

우선은 저들을 살리는 게 먼저였다.

그렇게 결심한 말론이 한 사람을 들춰 업으려는 찰나.

"크헉."

누군가 숨이 막히는 소리를 내며 몸을 들썩였다.

말론의 눈이 이채를 띤 것도 동시였다.

출구와 가장 멀리 떨어져 있는 사내.

그의 옆에는 방패 하나가 덩그러니 떨어져 있었다.

그것이 말론의 눈길을 사로잡은 것이었다.

금색과 은색이 어우러진 사각형의 방패.

형태는 투박하지만, 새겨진 문양과 색의 조화가 워낙 아름답기도 하고 특출한 힘을 발휘하기 때문에 모르려야 모를 수 없는 아티팩트였다.

'신성의 방패? 그렇다는 건…….'

자리에서 일어나 조심스럽게 그에게 발걸음을 옮겼고.

말론은 방패의 주인을 단박에 알아볼 수 있었다.

특출한 마나 운용과 아티팩트가 더해져 성기사라고도 불리는 인물.

길드 '선셋'의 마스터, 메릴 요하네스였다.

그는 잠시 몸을 꿈틀거렸을 뿐, 다른 이들과 같이 혼절한 상태로 돌아가 있었다.

"도대체 이게 무슨……."

그제야 그를 비롯해 주위에 널브러져 있는 헌터들의 어깨 견장이 눈에 들어온다.

전부 선셋 길드의 마크를 달고 있었다.

애초에 안전을 중요시하는 헌터 협회의 심사를 거쳐 A급 게이트의 레이드권을 따냈으니 약한 길드라 생각지 않았다.

한데 선셋 길드였을 줄은 꿈에도 생각지 못한 그였고.

말론의 얼굴이 낭패감에 물들었다.

평상시의 그였다면 들어오기 전부터 유추했을 터.

하지만 생각지도 못한 돌발 상황에 연유만 파악했을 뿐, 디테일한 부분까지는 놓친 것이었다.

'상황이 더 안 좋게 돌아가는군.'

메릴이 포함되어 있다면, 이들은 아마도 길드 선셋의 정예들.

일명 '신성력'이라 불리며 특정 몬스터에 특화된 힘을 발휘해 다른 헌터들이 꺼려하는 곳을 처리하는 것으로 유명했다.

헌터들이나 협회 차원에서는 두 손 들고 환영할 일이었으니 다른 길드보다 명망이 높아진 것은 당연한 일이었고.

그만큼 이들의 말에는 높은 공신력이 갖춰질 수밖에 없었다.

그 점이 말론을 고민에 빠져들게 만들었다.

'만약 이들이 보고 느낀 것을 보고한다면…….'

협회 차원에서 조사가 들어올 확률은 지극히 다분했다.

그렇게 된다면 자신이 감당할 수 있는 범위를 넘어서게 된다.

미국의 헌터 협회는 절대 권력이라고 해도 과언이 아닐 정도로 막대한 권한을 가지고 있기에 말론으로서도 그것을 막을 도리는 없었다.

지금으로서는 헌터들을 이대로 내버려 두고 나가는 것이 최선의 방법.

다만 그것은 여전히 용납되지 않았다.

'그건 너무 비인류적이란 말이지…….'

그렇다고 마땅한 방법이 떠오르는 것도 아니니 고민이 깊어질 그때.

메릴이 번쩍 눈을 떴다.

그리고 그는 말론을 보며 물었다.

"여기가 어딥니까?"

말론은 잠시 뜸을 들이고 대답했다.

한 발짝 물러서서 지켜볼 심산이었다.

"……선셋 길드에서 레이드 허가를 받은 게이트 안입니다."

"게이트 안이라…… 크윽."

그는 지끈거리는 두통에 머리를 감싸 쥐며 말을 이었다.

"어떻게 된 일인지 전혀 기억이 나질 않는군요."

힘겹게 몸을 일으킨 메릴은 옆에 떨어진 신성의 방패를 주울 생각도 하지 않고 밖으로 걸음을 옮기려 했다.

말론은 그런 그를 의아한 눈으로 쳐다봤다.

당황스러운 상황을 겪고 있음에도 로봇과 같이 감정이라고는 전혀 느껴지지 않는 말투.

평소 길드원들을 격하게 아낀다는 그의 소문과도 맞지 않았다.

그게 사실이었다면 널브러져 있는 길드원들을 나 몰라라 한 채 저렇게 지나가지는 않았을 테니까 말이다.

이에 의아함을 느낀 말론이 황급히 그를 불러 세웠다.

"저, 저기요!"

"예."

그는 역시나 무감정한 얼굴로 대답했고, 말론은 방패와 길드원들을 가리키며 말했다.

"이거 가져가시고, 길드원들도 챙겨 나가셔야 되지 않겠습니까?"

"아."

짧은 음성을 내뱉은 메릴이 저벅저벅 걸어와 신성의 방패를 낚아채듯 쥐고는 몸을 돌렸고.

"기, 길드원들도 챙기셔야……."

당황 어린 말론의 말이 채 끝나기도 전.

메릴의 차가운 음성이 말론의 귓가에 꽂혔다.

"알아서 나오겠죠."

그렇게 단 한 번도 뒤돌아보지 않은 채 게이트 밖으로 빠져나가는 메릴.

'……뭐지? 듣던 것과는 너무 다른 모습인데.'

소문으로 접했던 것과는 판이하게 다른 품행이었지만, 말론은 애써 이해했다.

아마도 강한 충격을 입은 탓에 상황 판단이 되지 않는 것이라 생각했다.

그렇게 고민을 마무리한 말론이 선셋 길드원들을 깨우려는 그때.

누군가 게이트 안으로 들어왔다.

빠르게 깨닫고 다시 길드원들을 챙기러 돌아온 메릴일 것이라 생각하며 고개를 돌리는 말론.

하지만 그곳에 서 있는 사람을 발견한 직후, 말론의 표정이 싸늘하게 굳어 버렸다.

그는 입이 열리지도 않을 정도로 이를 꽉 깨물며 분기 어린 눈으로 응시했다.

짧은 단발에 갈색 머리카락, 볼의 주근깨가 인상적인 여성.

그녀의 어깨 견장에는 흡사 성조기를 떠올리게 할 만큼 많은 별이 빛나고 있었다.

"오우! 말론, 이게 다 무슨 상황이야? 네가 이런 거야?"

주위의 광경에 짐짓 놀란 표정을 한 채 던지는 친근한 말투.

그것은 꾹 참고 있던 말론의 신경을 강하게 자극했다.

"내 뒤를 밟고 있던 건가?"

"뭐, 그렇다고 볼 수 있지. 아니꼬우면 너도 내 뒤 밟든가. 그런데 이런 광경을 볼 줄은 몰랐는걸~?"

"네가 뭘 생각하고 있는 건지는 모르나, 그게 뭐든 사실과는 다를 것이다."

"음…… 역시 그렇겠지? 나라면 모를까. 너한테는 선셋을 이렇게 만들 힘이 없으니까."

어디에서도 귀빈 대접을 받는 말론을 대놓고 무시하는 여성.

하나 말론도 그녀의 말에 쉬이 부정하지 못했다.

그녀의 어깨에 달려 있는 건 세계 1위 길드인 제니스(Zenith)의 상징.

게다가 그녀는 스무 명의 팀원을 직접 통솔하는 팀장이었으며, 세계 랭킹 10위에 달하는 S급 헌터였다.

마음만 먹으면 선셋 길드쯤이야 언제든 이렇게 만들 수 있는 힘을 가지고 있다고 봐야 했다.

그 프렉달이 인정한 강자 중 한 명이 바로 그녀니까.

말론의 이글거리는 눈빛이 자신을 향하자 그녀는 어깨를 으쓱거리며 말했다.

"왜 그렇게 봐? 넌 오랜만에 만난 내가 안 반갑나 봐? 난 되게 반가운데. 그리고 지금 상황이 이랬건 어쨌건 상관 안 할 테니까 걱정 마. 내 성격 알잖아? 약육강식이야. 약자는 언제나 도태되기 마련이지. 너도 나름 강자 축에 속하니, 이들이 너에게 유용한 식량이 됐다면 그걸로 된 거야."

"모건, 넌 언제 봐도 미친년이다."

"하하하!! 그거 칭찬이지? 요즘 나한테 그런 격한 칭찬을 해 주는 사람이 없어서 아쉽더라고."

알렉스 모건.

어디로 튈지 종잡을 수 없는 여자지만, 그녀의 말대로 이런 사태쯤은 대수롭지 않게 넘어가는 신념의 소유자였다.

이를 잘 알고 있는 말론은 상황이 불리하게 흘러갈 리 없다는 것을 인지하곤, 불편한 감정을 있는 그대로 표출했다.

"무슨 일 때문에 찾아온 건지나 말하고 얼른 꺼졌으면 좋겠군."

"말 참 섭섭하게 하네. 내가 미친년이면 넌 미친놈인데 말이지. 같은 미친 종자끼리 오랜만에 접선했는데, 툭 까놓고 얘기하자고."

"뭘."

"너 요즘 무슨 수작 부리고 다니는 거야? 여기저기 게이트를 예약하질 않나, 트레이닝 센터는 며칠째 훈련도 안 한다던데? 다시 헌터질 할 생각이라면 우리 길드 훈련관으로 오라니까?"

말론은 대답 대신 불끈 쥔 주먹을 들어 올려 보였다.

"이거나 먹어."

"어머? 여자한테 상스럽게 뭐 하는 짓이래? 너나 처먹으렴 ~ 호호호~."

저 혼자 입을 가리며 거짓웃음을 흘리던 모건이 갑자기 눈빛을 날카롭게 빛냈다.

"너 말이야. 무슨 개수작을 부리는 건지는 모르겠는데, 조심하는 게 좋을 거야. 우린 널 응원하지 않으니까. 네 힘을 잘 알거든."

입가는 호선을 그리고 있지만 그것이 미소로 받아들여지지 않는다.

날카로운 눈빛에선 살기가 어른거리고 있었기 때문이다.

"명심해. 네가 다른 길드의 훈련관으로 들어가는 그날이 인생의 마지막이라는 걸 말이야. 알겠지?"

마에스트로 말론.

만약 그가 트레이닝 센터가 아닌 한 길드에 자리 잡아 팀을 육성했다면, 거대 길드를 위협하는 것은 식은 죽 먹기였을 터.

질은 보장되어 있고, 그와 더불어 무시할 수 없는 양을 생산해 내니 아무리 제니스라 한들 방관할 수만은 없었다.

그렇게 해서 이뤄진 것이 철저한 견제와 제한.

말론이 트레이닝 센터에만 머무른 것도 모두 이 때문이었다.

모건은 이를 다시 한 번 되새겨 주는 것이었다.

앞으로도 트레이닝 센터가 아닌 다른 곳에서 일할 생각은 꿈도 꾸지 말라고 말이다.

어찌 보면 그나마 살길을 열어 주는 것이라 볼 수 있겠지만, 이 또한 철저하게 말론을 이용해 먹는 수작에 불과했다.

트레이닝 센터에서 만들어지는 팀은 필요로 하면 제니스에서도 입찰할 수 있으니까.

이에 말론은 조소를 지었다.

말로만 하는 경고가 아니라는 것도 알고, 지금 당장 이 자리에서 죽을 수도 있다는 것은 알고 있지만 그녀의 말에 반박하고 싶어 입이 너무도 근질거렸기 때문이었다.

"그렇게 나오면 '내가 알겠습니다.' 하고 길 거라고 생각했나 봐? 꼭대기에서 목이나 씻고 기다리고 있으라고. 내가 곧 따라 가 줄 테니까."

그러자 모건이 초승달 형태의 길지도 짧지도 않은 검을 소환했다.

"기다리고 자시고 할 게 뭐 있니? 힘 키워서 내 목 따러 온다는데, '오냐, 올라와 봐라!' 하고 기다릴 줄 알았어? 크큭. 그냥 지금 죽여 줄게."

모건이 이죽거리며 말했다.

"뭐 해? 맨손으로 싸울 거 아니면 너도 컨택트 들어야지?"

헤실헤실 웃으며 한껏 도발해 오는 그녀.

그 꼴을 보고 있자니 말론은 분기가 치솟았다.

언제고 한 번은 마주칠 줄 알았지만, 그게 오늘일 줄이야.

그것도 다시는 상종하고 싶지 않은 이가 상대라는 게 더 없이 마음에 들지 않았다.

그 순간 문득 머릿속을 스치고 지나가는 한 가지 생각.

'……그런 거였나.'

생각해 보면 타이밍이 너무도 적절했다.

드래곤이 자초한 사태를 확인하기 위해 홀로 게이트에 들어온 상황.

거기에 선셋 길드의 유일한 S급 헌터인 메릴이 빠져나간 직후 제니스의 모건이 모습을 드러냈다?

그것도 얼마 지나지 않아 소멸될 게이트에?

이 모든 건 하나의 전제로 귀결되었다.

'저 미친 여우가 처음부터 기회를 엿보고 있었다는 말이군.'

이전에 봐 왔던 그녀의 일 처리를 생각한다면 가능성이 전혀 없지는 않았다.

아니, 그럴 확률이 다분했다.

제니스는 협회도 쉬이 건드릴 수 없을 힘을 지니고 있지만, 정보국에 많은 스파이를 심어 놓은 덕분에 정보력 또한 막강하다.

때문에 제니스의 팀장인 모건이 자신과 재건이 손을 잡고 동행하게 되었다는 사실을 모를 리는 없을 터.

더군다나 이 게이트는 제니스는 물론 모건과도 어떤 접점조차 없다.

자연히 이곳에서 무슨 짓을 벌이더라도 용의선상에 이름한 글자 오르지 않을 게 분명하다.

처음부터 모든 내막을 알고 있던 그녀가 후환을 없애기 위해 마음먹고 들어온 것이라는 뜻이었다.

말론의 입가에 쓴웃음이 머금어졌다.

'수 싸움에서 내가 졌다라…….'

다른 건 몰라도 그것만큼은 인정하기 싫었다.

들끓는 분기를 가라앉힌 그가 차분히 상황을 관조했다.

지금까지야 원하는 대로 이끌려 왔다지만, 이제는 아니었다.

전장의 마에스트로는 모든 전황을 굽어볼 줄 알아야 하는 법.

이제는 자신이 주도하는 장면을 만들어 갈 때였다.

그리고 말론에겐 아직 마지막 한 수가 남아 있었다.

이내 마에스트로의 지휘봉을 굳게 쥔 그가 곧장 마나를 끌어올리자, 모건이 입꼬리를 올렸다.

"우리 마에스트로님이 일대일 상황에서는 싸움을 어떻게 끌어갈지 궁금하네. 먼저 들어와~."

그러면서 다른 헌터들과는 다른 그녀 특유의 컨택트를 까딱거렸다.

굳이 선공을 양보하겠다는데 굳이 거절할 이유는 하등 없는 일.

어쨌건 현 상황은 그에게 불리하게 돌아가고 있었으니 말이다.

말론의 머릿속이 바쁘게 움직이기 시작했다.

-이매진(Imagine).

모건의 특성과 스킬, 그리고 지난날의 움직임에 대한 것을 세세하게 그려 낸다.

일 합, 이 합…… 백 합…….

자신과 그녀의 격돌을 머릿속으로 무수하게 그려 내는 과
정에서 말론의 이마에 깊은 주름이 잡힌다.

이내 모든 디테일까지 완성시킨 그는 속으로 깊은 한숨을
내쉬었다.

'하아…… 확실히 이건 곤란하군.'

자신이 그녀를 이길 확률?

기껏해야 1.5% 남짓이었다.

그마저도 이론이기에 이런 수치가 도출되었을 뿐, 실전에
서는 더 낮을 게 분명했다.

트레이닝 센터에서 썩어 가고 있던 자신과 달리, 그녀는
지금까지도 헌터 생활을 이어 왔으니 감각의 날이 날카롭게
벼려져 있을 테고.

이매진으로 그려 내지 못했던 무언가를 구사할 수도 있었
으니 실질적으로 승산은 1% 미만이라고 봐야 했다.

그럼에도 말론은 포기하지 않았다.

오히려 지휘봉을 굳게 쥐며 모건을 지그시 응시했다.

-스테이지 오브 오케스트라(Stage of Orchestra)!

온몸에서 뻗어 나와 사위를 잠식해 가는 그의 마나.

스킬을 사용했음에도 눈에 보이는 변화는 없었다.

말론을 모르는 이들이라면 그저 마나를 내뿜은 것이라 착
각했을 것이다.

하지만 그와 함께한 경험이 있는 이들은 이것이 무엇을 뜻

하고 있는지를 잘 알았다.

눈에 보이지는 않지만, 오케스트라에 사용되는 악기들이 주위에 포진해 있으며 그에 걸맞은 무대가 펼쳐졌다는 것을 말이다.

한때 같은 팀으로 활약했던 모건이 이를 모를 리 없는 일.

이미 선공이 시작되었음을 눈치챈 모건이 화색을 띠었다.

"이 신성한 무대에 내가 난동꾼이 되어 줄게!"

그녀가 자리에서 벌떡 일어나는 모션을 취하며 소도를 사선으로 그었다.

그 궤적을 따라 바람이 일어났고.

-윈드 커터(Wind Cutter)!

이내 그것은 날카로운 검기로 화했다.

그것도 하나가 아닌 수많은 바람의 칼날이 되어 말론의 목을 노리고 쏘아졌고.

말론은 지휘봉을 움직이며 응수했다.

그의 지휘를 따라 타악기가 움직였다.

궁- 탕! 구궁- 타앙!

타악기의 울림은 파장이 되어 윈드 커터와 충돌했다.

콰앙! 콰아앙!! 콰앙!

두 사람의 사이로 전쟁터를 방불케 하는 폭발이 쉴 새 없이 터져 나왔다.

그럼에도 말론은 눈을 감은 채 전장의 흐름을 읽는 지휘자가 되어 무아지경에 빠져 있었다.

말론의 팔이 더욱 바쁘게 움직인 것도 동시였다.

절도 있게 탁탁 끊기던 그의 팔이 유려한 곡선을 그리기 시작하고, 다른 악기들이 연주를 시작했다.

목관 악기, 금관 악기가 더해지고.

정신없이 움직이는 팔을 따라 소리가 한데 어우러지고, 그것은 전율이 흐르게 하는 음악을 뽑아냈다.

-죽음의 행진곡.

수많은 검, 창 따위의 무구들이 무대 위로 빼곡하게 생성되고, 그것들은 연신 윈드커터를 날려 대는 모건의 목을 노리고 쇄도했다.

쒜에엑-!

마치 수십의 헌터가 일제히 한 사람을 노리고 날아드는 듯한 합격!

마나의 움직임만으로 변화를 눈치챈 모건이 쉴 새 없이 수놓던 윈드커터를 멈추고, 오히려 말론을 향해 돌진했다.

"네 집중력이 언제까지 이어질지 보자고!"

팟-!

그녀의 소도는 빈틈없이 빼곡히 수놓아져 있던 곳에 틈을 만들었다.

하지만 말론의 지휘는 그 틈을 쉬이 허락하지 않았다.

이미 예상하고 있었다는 듯 대기하고 있던 무기가 틈에 틈을 노리고 쏘아졌다.

"꺄악~"

모건의 입에서 아이의 것과 같은 놀란 음성이 튀어나왔다.

하나 그런 음성과 달리 허리를 꺾어 너무도 여유롭게 피해
내는 그녀.

지금의 상황을 즐기고 있는 것이었다.

곡예에 가까운 유연한 몸은 다른 사람이었다면 영락없이
허를 찔렸을 공격을 유려하게 회피할 수 있게 만들었고.

그렇게 만들어진 공백은 그녀가 소도를 휘두를 수 있는 찰
나를 만들었다.

채채채챙!!!

사방팔방에서 동시에 휘둘러지는 무기들을 단 한 자루의
검이 모두 쳐 낸다.

실로 엄청난 속도!

그런 와중에 그녀의 시선은 균열이 일어나 있는 바닥을 향
했다.

"오호~"

소도를 휘두르면서 그 궤적이 지면에 닿도록 유도한다.

단 두 번의 검질에 네모난 턱을 만든 그녀는 소도를 휘두르
면서 발로는 그것을 쳐 올렸다.

무겁디 무거운 중석이 눈높이까지 올라오고.

그녀는 소도에 가해진 힘을 이용해 몸을 회전하며 발로 그

것을 가격했다.

탁-!

"……!"

무아지경에 접어들어 지휘를 이끌어 가던 말론의 미간이
구겨지는 것도 동시였다.

그의 흐름을 탁 끊는 변수.

말론이 다급하게 지휘봉을 움직이며 타악기를 쳐 방어에
나서 보지만.

그 순간에 모건의 소도는 기다란 강기를 뽑아내며 말론이
만들어 낸 무기들을 노렸다.

무기에도 약한 부위는 있는 법.

그녀의 소도는 철저하게 그곳만을 가격하고 있었다.

쩌정 하는 굉음과 함께 무기들이 하나둘씩 부서져 갔고,
그 파편이 공중에 수놓아졌다.

모건이 입가에 비릿한 웃음을 머금었다.

"이제 이건 내 꺼!"

초승달 모양의 소도가 곡선을 그리자 원형의 섬광이 만들
어진다.

그것은 파편들을 한데로 끌어들였고. 직선으로 뻗어지는
소도의 움직임에 따라 폭음과 함께 비수가 되어 쏘아졌다.

말론이 현악기를 움직이려 하지만, 이미 일전의 공격으로
집중력이 흐트러진 탓에 제대로 된 연주를 이끌어 내기엔 역

부족이었다.

피비비빗-

수많은 무기의 파편들에 몸을 난자당해 무릎 꿇는 그.

손아귀에서 벗어난 지휘봉이 처량하게 지면을 나뒹굴었다.

"크윽."

그와 동시에 옆을 든든하게 지키던 악기들도 신기루처럼 사라지고 말았다.

상정을 뛰어넘는 힘과 움직임.

변수를 만들어 내는 역동적인 두뇌 회전까지.

그가 계산했던 1.5%의 승률은 허황된 것이었고, 철저한 패배였다.

어쩌면 당연한 결과일 수밖에.

윈드 커터 이외에 별다른 스킬을 사용하지 않은 모습처럼 보이겠지만, 모건은 나름의 실력을 발휘했으니까.

애초에 그녀는 신체 능력을 극도로 상승시키는 패시브 스킬만 덕지덕지 발라 놓은 투사(鬪士)니까.

거기에 타고난 싸움 센스에 무수히 많은 경험까지 더해졌으니, 말론의 계산은 애당초 불가능했던 것이었다.

말론이 분기 어린 눈으로 고개를 들었을 때는 서슬 퍼런 검날이 눈앞에 와 있었다.

모건은 그와 눈높이를 맞추며 턱을 괬다.

"전장의 마에스트로도 혼자서는 정말 별거 없네. 아~ 옛날

이여~ 어쩌다 우리가 이렇게 됐을까?"

"너희가 힘과 명성에 취해서 그런 거지. 그런데 말이야. 그것도 오래 못 갈 거다."

"이재건 때문에?"

말론은 피로 얼룩진 이를 드러내며 웃었다.

"역시 처음부터 알고 있었군."

"음…… 확실히 걔는 견제 대상이긴 해. 벽이 없는 헌터라는 걸 알게 됐을 때 바로 죽였어야 됐는데, 갑자기 SS급에 올라 버려서 지금은 영 껄끄럽단 말이야."

"역시 네놈들도 같은 SS급은 못 건드리겠지. 그러니까 이고르도 못 건드는 거고. 강약약강의 표본이다."

"그 입 닥쳐 줄래? 이고르는 혼자니까 당장 급할 게 없어서 내버려 두는 거고. 안 그래도 시기를 보고 있으니까 걱정하지 마. 무적이니 뭐니 하는 팀을 키우는 게 같잖아서 더 크기 전에 밟으려고 계획 중이니까. 그보다……."

모건의 소도가 그의 목에 걸렸다.

"지금 남을 신경 쓸 때야? 네 목숨 먼저 걱정해야 되지 않겠어?"

살짝 갖다 댔을 뿐인데도, 말론의 목을 파고들며 피가 흘러나왔다.

그만큼 그녀의 컨택트가 등급 이상의 힘을 발휘한다는 뜻.

말론이 깊은 한숨을 내쉬며 허탈한 웃음을 지었다.

그 모습을 보며 모건이 씨익 웃어 보였다.

"웃기지? 죽을 때 되니까 지금까지 난 왜 이렇게 살았나 하고 허무하고 그러지?"

말론은 그저 웃기만을 반복할 뿐 별다른 대답이 없었다.

그런 그가 이내 모건과 눈을 맞추며 말했다.

"그러니까, 네가 재건 님을 죽일 거다. 이 소리지?"

"뭐야? 그거 때문에 웃은 거야? 뭐 곧 죽을 놈이니 인심 한번 베풀어 줄게. 일단 한번 붙어 보고, 안 될 것 같으면 내뺄 거야. 기왕 내 손으로 죽일 수 있으면 더 좋고. 자, 잡담은 여기까지. 그동안 수고했어. 잘 가."

그녀가 마지막으로 입가를 비틀며 손을 흔들어 끝을 고하려던 그때.

"……커헉."

신음을 흘리며 컨택트를 떨어뜨린 모건의 신형이 허공에 붕 떠올랐다.

숨을 쉴 수 없는 건지 얼굴은 붉게 달아올랐고, 두 눈의 핏줄은 다 터져 나갔다.

그럼에도 온몸이 속박되어 허우적거리지도 못하는 그녀.

이내 그녀의 육체가 천천히 돌아갔다.

몸은 제 의지와 다르게 움직였고, 움직임을 끝마쳤을 땐 한 여인이 눈앞에 서 있었다.

처음 보는 헌터였다.

그런데.

'무슨……!'

무표정으로 서 있는 그녀를 마주하는 것만으로도 정신을 놓을 것 같았다.

별다른 움직임을 보이고 있지 않음에도 온몸을 짓누르고, 속박하는 힘.

흡사 프렉달의 힘과 비교해도 부족함이 없었다.

그때 여인의 차가운 음성이 들려왔다.

"내가 잘못 들은 건가? 방금 뭐라고 했지?"

영문을 알 수 없는 물음에 모건은 있는 힘을 쥐어짜 내 대답했다.

"뭐, 뭐라는…… 거야. 이거 풀고…… 알아듣게…… 말을 해!"

털썩-

그와 동시에 그녀를 옭아매고 있던 힘이 풀렸다.

"말해 보아라. 방금 네가 한 말을 내가 제대로 들은 게 맞는지."

하나 모건은 캑캑대며 숨통을 트는 데 열중해 대답하지 못했고.

답변은 다른 곳에서 흘러나왔다.

"방금 들으신 게 맞습니다. 여기 이 미친년이 재건 님을 죽인다고 했습니다."

모건이 경악한 눈으로 말론을 쳐다봤다.

그런 그녀를 회심의 미소를 지은 채 마주 바라보고 있는 그.

그랬다.

말론이 생각해 뒀던 마지막 한 수.

기도해 마지않았던 전세 역전의 변수는 다름 아닌 릴리스였던 것이다.

"너, 이 미친⋯⋯."

기세등등했던 모습은 사라지고, 이제는 패자의 위기에 서 버린 모건.

그녀는 빠르게 머리를 굴려 어떻게 이 난관을 돌파해야 할지를 고민했다.

하지만 마땅한 수는 떠오르지 않았다.

말론은 자신에 대해서 너무 잘 알고, 그에 비해 자신은 이름 모를 헌터에 대해 아는 것이 전무하다.

게다가 저 헌터는 프렉달과 비슷한 힘까지 보유하고 있다.

절대적으로 자신이 불리한 상황.

'분하지만 일단 도주하고 나중을 기약할 수밖에.'

일단은 위기에서 벗어나 훗날을 도모하는 게 최선이었다.

모건은 아무도 눈치채지 못하게 슬그머니 마나를 끌어올렸다.

출구까지는 불과 10m 안팎.

방심한 틈에 순간적으로 가속한다면, 아무리 강한 헌터라 한들 자신을 붙잡기는 불가능할 터였다.

그렇게 생각하며 굽혔던 무릎을 펴고, 땅을 박차는 그 순간.

"커헉."

10m는커녕 50cm도 움직이지 못한 채 릴리스의 손이 모건의 목을 움켜쥐었다.

"네깟 게 그이를 죽이겠다?"

주제도 모르는 인간을 당장 찢어 죽여도 분이 풀리지 않을 것이었다.

아니, 차라리 죽여 달라며 애원할 때까지 극한의 고통을 느끼게 만들어 주는 게 좋을 터.

그렇게 결심하며 마나를 움직이려던 순간.

'잠깐⋯⋯.'

비상한 발상이 뇌리를 스쳐 지나간다.

역시나 자신은 지고하며 지식의 끝에 닿아 있는 존재.

스스로를 대견하다 칭찬하며 릴리스가 공간을 찢었다.

"네가 죽인다는 그이를 만나러 가게 해 주마."

인간을 죽이는 것을 재건이 꺼려하니, 차라리 죽이는 것보다 붙잡아 왔다는 것.

이것이라면 재건을 보러 갈 명목이 충분하다는 것을 깨달은 것이었다.

카차노프의 안내를 따라 도착한 어느 장소.

"호오."

차에서 내리자마자 은은한 감탄을 토해 내는 재건이었고.

그의 곁으로 다가선 카차노프가 자랑스레 말했다.

"예쁘지?"

"조금?"

시큰둥하게 대답하긴 했지만, 속내는 무척이나 감격스러 웠다.

눈앞에 펼쳐진 장관이 실로 아름다웠으니까.

웅장한 크기의 호수와 새하얀 눈.

그 위로 반사되어 아름답게 반짝이는 푸른빛까지.

자연이 만들어 낸 절경은 가만히 바라보는 것만으로도 기 분 좋은 감정을 일으키고 있었다.

그런 그에게 카차노프가 경고를 보내왔다.

"그런데 이거에 매료되면 안 돼. 여긴 13월이라 불리는 곳 인데⋯⋯."

"다 아니까 그런 거 안 말해 줘도 돼."

이미 모든 것을 알고 있으니 굳이 설명은 필요 없다는 생각 에 말허리를 끊었으나.

오히려 그 행동이 카차노프의 의심을 불러일으켰다.

"응? 안다고? 네가 어떻게?"

그녀의 표정에는 짙은 의문과 당황이 섞여 있었다.

그도 그럴 것이 이 광경은 모두 지속 게이트의 영향으로 벌어진 일이었다.

더군다나 생성과 동시에 지금까지 딥 블루에서 직접 관리하며 다른 사람들에겐 일정 공개되지 않은 곳이기도 했다.

그런 곳을 아무런 연관성도 없는 재건이 알고 있다?

상식적으로 이해가 되지 않는 일이었다.

반면 이어진 재건의 반응은 지극히 태연했다.

"지금 우리 공략대가 저기에 들어가 있는데, 대장인 내가 모르는 게 더 이상한 거 아닐까?"

"아…… 차르 님이 말해 주셨구나? 하긴, 여기가 어떤 곳인데 제대로 된 준비도 안 하고 들어가면 큰일 나지."

"그런 거지."

재건은 그에 수긍하면서도 속으로 웃었다.

어떻게 자연스레 넘어갔으니 다행이었던 것이다.

물론 그의 웃음엔 다른 의미도 포함되어 있었다.

저 게이트 안에 들어가 있을 재백과 삼촌, 홍유나에게 이곳이 어떤 곳인지를 일절 말해 주지 않았기 때문이다.

'뭐, 그래야 훈련이지. 다 알고 가면 그게 훈련이야?'

무슨 일이 벌어질지 모르고 있어야 상황을 판단하는 시야를 기를 수 있고, 빠른 대처법을 터득할 수 있을 테니까 말이다.

그렇게 생각하면서 다시금 주위를 둘러보며 경치를 감상하는 재건.

이내 그가 고개를 갸웃거렸다.

산세에 감춰져 있다고는 하지만, 차로 오를 수 있을 정도로 순탄한 길이 터져 있다.

그렇다는 건 딥 블루와 연관이 없는 사람이라도 얼마든지 올라올 수 있다는 뜻인데.

아무리 기감을 펼쳐 봐도 근처에 사람이라고는 찾아볼 수 없었다.

"게이트 가드는 없어? 이러면 아무나 들어가겠는데?"

"아무나 들어올 수 없으니까 가드를 둘 필요가 없지."

"음?"

"이 산이 통째로 우리 거거든. 사유지다, 이 말이야."

어깨를 으쓱거리며 잔뜩 우월감을 드러내는 그녀의 모습에, 재건이 어이가 없다는 듯 헛웃음을 머금었다.

이런 절경을 품은 산을 통째로 거머쥘 생각을 하다니.

어떻게 정부를 구워삶았는지는 모르지만, 과연 암흑가의 1인자답다고나 할까.

새삼 딥 블루의 재력과 권력을 깨닫는 순간이었다.

"그럼 들어가자."

감상은 이쯤 하면 됐으니 슬슬 내부로 진입할 때였다.

한데 카차노프가 질색하며 손을 내저었다.

"내, 내가 여길 왜? 싫어."

"그럼 여기 있으려고?"

"어. 차 안에서 잠이나 때리고 있을 테니까, 나오면 깨워."

재건은 혀를 차며 말했다.

"너도 참 게으르다. 이럴 때에 같이 훈련하면 좋은 거지. 쯧. 차르한테 한마디 해야겠네."

"어어?! 여기서 차르 님 얘기가 왜 나와? 아니, 진짜 너한테는 훈련일지 모르겠지만, 나는 들어가면 그냥 사망이라니까? 뻔히 죽을 걸 알면서 들어가는 멍청이가 어디 있어? 그리고……."

카차노프의 입에서 폭풍처럼 변명이 쏟아져 나온다.

자신은 이제 C급에 오른 헌터이며, 딥 블루 내에서도 정보원 역할을 맡고 있기 때문에 실질적인 전투력은 그보다 떨어진다는 것.

손짓과 발짓을 총동원하고, 여러 가지 표정이 왔다 갔다 하는 그녀의 모습에 재건은 피식 웃으며 말했다.

"알았어. 그냥 여기 있어. 됐지?"

"차, 차르 님한테 말 안 할 거지?!"

"어. 그러니까 펴~~언히 쉬고 계세요."

"……."

카차노프는 전혀 안심하지 못하는 얼굴로 재건을 응시했다.

말단인 그녀에게 최상위 세 명 중에 한 명인 차르는 단순히 언급하는 것만으로도 큰 압박감을 선사하는 존재.

협회 말단에게 협회장을 거론하는 것보다 수배에 달하는 중압감을 느끼는 것이었다.

"진짜 말 안 할 테니까 쉬고 있어. 갔다 온다."

말과 동시에 재건은 게이트 안으로 몸을 날렸다.

◇ ◆ ◇

게이트 내부에 들어선 재건을 반긴 것은 어둑한 하늘이었다.

무수히 많은 별들이 오로라와 겹쳐져 대지를 비추고, 칼로 자른 듯한 반달은 그 빛에 주눅이라도 든 것처럼 힘을 발휘하지 못하고 있다.

스산한 바람이 불어오며 나뭇잎을 간들거린다.

잠시 감상에 젖어 풍경을 감상하던 재건은 먼 산으로 시선을 옮기며 정신을 차렸다.

"딱 좋을 때에 왔네."

운이 좋게도, 계획한 때와 시기적절하게 맞아떨어졌다.

그렇다면 일단은 공략대를 찾는 게 우선.

재건이 기감을 펼쳐 주변을 훑었다.

그런데 내부가 워낙 넓은 탓인지 걸리는 게 아무것도 없었다.

"아무래도 찾으러 돌아다녀야겠네."

재건은 슬며시 마나를 끌어올려 신체를 달궜다.

얼굴을 스치는 바람이 차갑다.

머지않아 한기를 머금은 질풍이 일어날 것이란 뜻이니, 그 전에 공략대를 찾을 심산이었다.

탓-

가볍게 발을 구르고 쏜살같이 수풀을 헤쳐 내달린다.

조절한다곤 했지만 그 속도에 주변의 나무가 휘청이고, 꽃
잎이 떨어져 나가 흩날렸다.

그로부터 얼마 지나지 않았을 무렵.

조금 전과는 판이하게 다른 환경이 모습을 드러냈다.

오한을 느끼게끔 만들던 한기는 씻은 듯이 사라져 버렸다.

그 대신 강렬하게 내리쬐는 햇볕과 모래가 거대한 언덕을
이루고 있어 흡사 사막을 떠올리게 하는 지형이 자리하고 있
었다.

자칫하면 발이 푹푹 꺼지기 때문에 이동에 제약을 걸기에
충분했다.

하나 재건의 움직임은 전과 다를 바 없었다.

평지를 달리듯 가벼운 발놀림으로 거침없이 질주했다.

그렇게 십여 분쯤 달렸을 때, 그의 기감에 마나의 충돌이
걸려들었다.

'오케이.'

브론의 말에 의하면 현재 이곳에 들어와 있는 것은 공략대
뿐이라고 했기에 필시 그들일 터였다.

방향을 틀어 그곳으로 내달리는 재건의 눈에는 금세 공략
대가 들어왔다.

콰아앙!!

폭음이 일며 흙먼지가 자욱하게 일어난다.

재건은 순식간에 거리를 좁히며 한 사내의 어깨에 팔을 얹었다.

툭

사내의 고개가 돌아감과 동시에 그것을 기다리고 있던 재건의 검지가 볼을 찔렀다.

"음?"

재백, 홍유나 그리고 최익현까지.

이곳의 그 누구도 이런 장난을 칠 인물이 없다는 것을 알고 있는 이종훈이 미간을 가득 좁혔고.

그는 빠른 속도로 몸을 돌리며 주먹을 휘둘렀다.

그 과정에서 팔에 감겨 있던 라이가 갈퀴처럼 변모하며 그의 일격에 날카로움을 실었다.

티잉-

하나 재건은 손바닥을 드는 것만으로 너무도 여유로이 막아 냈다.

"워우, 반응 좋고."

그러면서 씨익 웃어 보이는 그.

그제야 정체를 알아챈 이종훈이 헛웃음을 지었다.

"뭐야, 너였어? 침입자인 줄 알고 깜짝 놀랐잖아."

"주군을 뵙습니다."

어느새 옆으로 다가와 깊이 고개를 숙이는 재백.

이에 고개를 끄덕인 재건이 멀뚱거리고 서 있는 한 사내를 바라봤다.

"여기 있다는 건 제대로 사과했다는 거겠지?"

"그래."

다행히도 삼촌은 최익현의 사과를 받아들인 듯했다.

"우리 삼촌이 대인배라서 다행인 거지."

"감사하고 있다."

그 옆에서 웃고 있는 삼촌을 보니, 짧은 시간이었지만 오해도 풀고 나름 친분도 쌓은 듯했다.

'뭐, 좋은 게 좋은 거니까.'

어쨌든 S급 헌터인 최익현을 아군으로 만들었다는 건 전력의 측면에서도 반길 일이었다.

그러나 한 사람만은 그리 기분이 좋지 않았으니.

홍유나는 인사도 건너뛴 채 불만을 토로하기 바빴다.

"우리 언제까지 여기에 있어야 돼요? 이러다 피부 다 상하겠네."

"그렇게 중무장한 걸로 모자라 꽁꽁 싸매고 있으면서 뭔 피부가 상해?"

그녀는 지금까지와는 확연히 다른 모습을 하고 있었다.

이전에는 맞지 않는 의복을 빌려 입은 사람 같았다면, 지금은 선녀 그 자체라고나 할까.

당장 그녀에게서 느껴지는 힘만 해도 이전과는 궤를 달리

할 정도였다.

그러나 여전히 마뜩잖은지 홍유나는 볼을 어루만지며 퉁명스러운 말투로 대답했다.

"벌써 뭔가 까칠해지는 게 느껴지거든요? 생각을 해 보세요. 영하 40도에 눈태풍이 몰아치더니 몇 시간 만에 갑자기 살이 다 타들어 갈 정도로 열풍이 이는데, 피부가 그걸 버티겠어요?"

"지금 피부 걱정할 때야?"

"그럼 뭘 걱정하는데요?"

"허……."

재건은 허탈한 웃음을 지었다.

홍유나가 말한 것이 이곳이 13월이라고 불리는 이유.

예측하는 게 불가할 정도로 변화무쌍한 날씨는 계절을 넘나드는 것은 물론이고, 극한의 환경에 치달을 정도로 극단적이기까지 했다.

밤낮 또한 일정하지 않기 때문에 신체는 어떤 것에 적응해야 할지 감을 잡지 못한다.

그 탓에 새로운 환경을 맞아 적응하는 활동이 무한하게 반복되다 보니, 육체의 피로는 회복될 새도 없이 가중될 수밖에 없다.

이곳에서 일주일만 지내도 피로가 극에 달할 만큼 누적되는 이유도 바로 그 때문이고.

그런 판국에 피부 걱정만 하는 그녀를 보고 있자니 재건으로선 어이가 없을 노릇이었다.

한데 의아함을 느끼고 보니, 그 감정은 점차 배가 되었다.

비단 홍유나뿐만 아니라 삼촌과 재백의 안색도 별다를 게 없었던 것.

이것이 의미하는 것은 하나밖에 없었다.

"그러니까 여기가 여러분들한테는 너무 허접하다 이거죠?"

이종훈은 어깨를 으쓱이며 대답했다.

"그건 여기서 제일 등급이 낮은 내가 답하는 게 맞겠지?"

"음, 그래. 삼촌이 얘기해 봐."

"솔직히 처음 며칠은 너무 힘들었거든? 그런데 유나 씨가 새로운 힘을 깨닫고 나서는 환경이 아무런 방해가 안 돼. 나오는 몬스터마저도 B급에 불과하니까, 나는 물론이고 S급인 세 사람한테는 식은 죽 먹기지."

이종훈은 홍유나의 힘에 대해서 설명을 덧붙였다.

결론적으로 특성 선녀(仙女)가 한층 업그레이드되면서 그녀는 선녀 자체가 되었으며, 이전과는 비교도 할 수 없을 정도의 버프를 준다는 것.

나름 고생 좀 하라고 일부러 사전에 설명해 주지 않았는데, 성과도 거두지 못하고 물거품이 되어 버렸다.

그러면서도 홍유나의 변화에 흥미가 동하는 건 당연했다.

"그럼 그 버프 나도 경험할 수 있을까?"

홍유나는 기고만장한 표정으로 대답했다.

"깜짝 놀라지나 마세요."

그녀의 손길을 타고 따스한 빛이 생성된다.

그것은 재건의 신형을 감싸고 아주 얇게 퍼졌고, 슈트에 딱 달라붙더니 이내 흔적도 없이 사라졌다.

이전보다 훨씬 간단명료하게 변화된 스킬이었다.

하지만 그것에 담긴 힘은 결코 무시할 수 없었다.

'이건 좀 사기 같은데?'

급작스런 힘의 고양에 상태창을 열어 스탯을 확인하지만, 변화된 것은 없었다.

그럼에도 얼추 느껴지는 힘은 적어도 모든 스탯이 10 이상 상승한 수준.

만약 그게 맞다면, 두 팔 벌려 환영할 일이었다.

다른 사람은 몰라도, 1 스탯의 상승만으로도 엄청난 변화가 일어나는 자신에게는 말도 안 되는 사기 스킬이었으니 말이다.

'이걸 뭐라고 표현해야 하나.'

말로 설명할 수는 없지만 그녀가 사용한 것은 일반적인 헌터들이 사용하는 것과는 다른 마나였다.

아니, 마나라고 부르기도 애매할 정도로 이질적인 힘이었다.

굳이 비교하자면 순도 높은 마나를 사용하는 드래곤의 힘과 유사하지만, 그렇다고 그것과 동일하다고 볼 수도 없는 힘.

'아? 신성력이랑 비슷한데?'

느낌만으로 비유하자면 신성력에 가장 가까울 터.

다만, 재건은 확실히 단정 짓지는 못했다.

유독 치유, 신성 같은 부류와는 거리가 멀었으니 말이다.

잠시 생각에 빠진 재건이 대답을 하지 않고 있자 홍유나가 입꼬리를 올리며 물었다.

"어때요? 막 날아갈 것 같은 기분이죠?"

"진짜 대단하네요. 축하드려요. 이 정도면 세계 제일의 버 퍼겠네요."

"오버하시기는. 그 정도까지는 아니에요. 내가 SS급이 된다 면 모를까. 명색이 1등이라는 제이미 홈즈가 SS급이잖아요."

괜히 세계 최고의 힐러와 비교하며 자신을 낮추는 홍유나 였지만, 재건의 대답은 솔직 담백한 것이었다.

적어도 재건의 기준에서는 홍유나가 세계 제일의 버퍼가 맞았다.

회귀 전 제이미 홈즈와도 몇 번 레이드를 해 본 경험자로 서 한 말이었으니까.

하나 그런 사실을 말할 수도, 굳이 밝힐 필요성도 없었다.

때가 되면 그녀 스스로 알아차리게 될 테니까.

그렇게 상황을 일단락한 재건이 다시금 공략대의 면면을 바라봤다.

여유가 넘쳐흐르는 표정들.

기껏 훈련하라고 보내 놨더니 홍유나의 성장 때문에 제대 로 된 훈련이 되고 있지 않았다.

이내 한숨을 내쉬는 재건.

'그럼 여기 있을 필요가 없겠네.'

오히려 애꿎은 시간만 낭비해 버린 셈이나 마찬가지였다.

경험을 쌓을 수도 없는 B급 게이트에서 흥청망청 버린 시간이 아깝게 느껴졌다.

'가만. 아니지?'

생각해 보니 모든 게 수포로 돌아간 건 아니었다.

이곳의 핵심은 일정 주기에 찾아오는 '연결'에 있다.

그것을 겪지 않고서야 이곳을 제대로 겪었다고 말할 수는 없을 터.

지금까지 대화를 토대로 유추해 보면 이들은 아직 그것을 겪지 않은 게 분명했다.

재건은 확인을 위해 이종훈에게 물었다.

"날씨나 환경 변화 말고 다른 건 없었어?"

"뭐가 또 있어?"

"역시."

반응을 보아하니 아직 변화는 찾아오지 않았다.

그렇다는 건 아직 이곳에 있을 필요성이 충분하다는 뜻이었다.

'간만에 나도 마계 경험이나 해야겠어. 마계 정도면 몸을 풀 맛이 나지.'

그렇게 생각하던 그때.

그의 옆에 공간이 찢어졌다.

"……?"

생각한 것일 뿐인데, 갑작스럽게 마계로 통하는 통로가 연결된다고?

어쩜 이렇게 타이밍이 잘 맞을 수가.

하지만 기대와 달리, 그것은 마계로 가는 문이 아니었다.

그곳에서 모습을 드러내는 한 여인.

뜬금없는 존재의 등장에 재건의 눈썹이 꿈틀거렸고, 이내 그의 시선은 붙들려 있는 다른 여성에게로 향했다.

굳이 누구냐고 물을 것도 없었다.

아는 얼굴이었으니까.

"……모건?"

그에 대한 대답은 릴리스에게서 나왔다.

"이 인간이 메론인가 메롱인가 하는 인간을 죽이려 했다. 그것과 더불어서 널 죽인다고 하더군. 그래서 죽이지 않고 산 채로 잡아 왔다."

그러면서 릴리스는 얼굴을 붉혔고.

조심스럽게 말을 이었다.

"나 잘했느냐?"

〈10권에 계속〉